"CACTUS"
série dirigée par Martina Wachendorff

DANS LA MÊME SÉRIE

1989
Henri-Frédéric Blanc, *L'Empire du sommeil* (rééd. 1993).
Per Christian Jersild, *Mon âme dans un bocal.*
Martin Millar, *Le Lait, les amphètes et Alby la Famine.*
Rolf Schneider, *Le Voyage à Iaroslaw.*

1990
Roy Lewis, *Pourquoi j'ai mangé mon père.*
Dagmar Chidolue, *Lady Punk.*
Tim Parks, *Comment peut-on aimer Roger !*
Henri-Frédéric Blanc, *Combat de fauves au crépuscule* (rééd. 1993).

1991
Sergueï Bodrov, *Liberté = Paradis.*
Henri-Frédéric Blanc, *Jeu de massacre.*

1992
Stefano Benni, *Le Bar sous la mer.*
György Dalos, *La Circoncision.*
Glenn Savan, *White Palace.*

1993
Nicole Müller, *Ce qui est affreux dans l'amour.*
Henri-Frédéric Blanc, *Démonomanie.*

1994
Elie-Georges Berreby, *L'Enfant pied-noir.*

1995
Glenn Savan, *L'Anatomie de Goldman.*
Elie-Georges Berreby, *La Honte à la figure.*

NUIT GRAVEMENT AU SALUT

DU MÊME AUTEUR

L'EMPIRE DU SOMMEIL, Actes Sud, 1989.
COMBAT DE FAUVES AU CRÉPUSCULE, Actes Sud, 1990 ; Presses Pocket, 1991.
JEU DE MASSACRE, Actes Sud, 1991 ; Presses Pocket, 1993.
DÉMONOMANIE, Actes Sud, 1993.
LE LAPIN EXTERMINATEUR, Titanic, 1994.

ISBN 2-7427-0521-X

Illustration de couverture :
Christian Schad, *Sonja* (détail), 1928
Collection privée

HENRI-FRÉDÉRIC BLANC

NUIT GRAVEMENT AU SALUT

roman

ACTES SUD
HUBERT NYSSEN ÉDITEUR

C'ÉTAIT UNE TABLE retranchée derrière des plantes vertes. Léa s'en réjouissait car elle pourrait impunément ôter ses talons hauts, jouer avec ses pieds ou écarter les jambes. Elle jugea l'ambiance plutôt agréable et la clientèle convenable ; pas de touristes sans-gêne ni de provinciaux euphoriques. Le décor était discret, d'une élégance française classique, presque intemporelle. On aurait pu se croire n'importe quand : dans les années trente, cinquante ou soixante. Les meubles ventrus, les lampes rondelettes, les lourds rideaux, les tapis paresseux semblaient digérer paisiblement. Dans bien des restaurants tout est si froid, si anguleux, qu'on a la pénible impression que le décor n'a rien mangé et que les murs font la tête ; ici chaque chose avait l'air replète, un peu assoupie. L'immobilité était détendue, la réalité nullement pressée. Le temps est le ver rongeur de l'homme. Le summum du bon goût consiste à faire oublier le temps. Sous la lumière juste des lustres accueillants et familiers, rien n'était vieux, rien n'était neuf, on se serait cru mollement installé quelque part dans l'éternité parisienne.

Face à Léa, Victor Pontier consultait la carte d'un air soucieux, le front plissé. On aurait dit qu'il lisait une lettre comminatoire du fisc ou le manuscrit d'un premier roman perpétré par le fils du rédacteur en chef d'un grand journal, et qu'il allait être obligé de publier. En fait il se concentrait sur la carte pour décompresser, se purger de ses soucis, essayer d'oublier les horreurs vécues pendant la journée : un auteur qui lui avait fait le chantage au suicide, une babouchka venue en autocar de Novossibirsk exprès pour le voir et qui l'avait poursuivi dans les couloirs avec un manuscrit de douze cents pages puant le crottin de chèvre, une secrétaire qui s'était offert une crise de nerfs et avait mangé une lettre d'une extrême importance, un chargé de mission de la SPA qui avait débarqué dans son bureau avec mandat de contrôler le régime alimentaire de sa tortue (encore un coup d'un auteur aigri) et, pour couronner le tout, le Grand Timonier de la Maison qui lui avait serré la main sans lui sourire. Maintenant il lui fallait se détendre à tout prix.

Léa tourna son regard vers la nuit de la fenêtre. Octobre parisien, Paris octobreux. Ou octobral. Rien d'écrit là-haut ? Non. Une, deux, trois étoiles, points de suspension en plein silence. La lune, croissant cru dans le ciel noir comme un four. Toits d'ardoises : miroirs aux pigeons. Trottoirs vernis de pluie. Feuilles mortes qui craquent sous les semelles si elles sont tombées du jour, qui font *shplouitt* si elles sont de la veille. Des automobiles moutonnantes – machines roulantes habitées – sortaient de partout, semblant se reproduire par génération spontanée. Çà et là, des piétons vivants se dépêchaient de rentrer chez eux. Ils avaient travaillé toute la journée, la télévision allait les travailler toute la soirée. Une vieille dame hésitait à traverser. Un Maghrébin parlait tout seul en faisant de grands gestes, comme s'il s'adressait à un tribunal. De l'autre côté du boulevard, une épave au crâne rasé sermonnait son chien. Que pouvait-il lui dire ? "A force d'aimer tout le monde, tu vas t'attirer des ennuis…" Le chien faisait semblant de comprendre. Plus loin il n'y avait que de fragiles unités humaines à peine discernables, des miettes d'être, des grains de vie, des clous animés. Chacune de ces mouvantes lettres minuscules était un univers, mais il fallait beaucoup d'imagination pour le réaliser.

Léa regardait dehors tout ce qu'il y avait à regarder, fouillant le réel comme un vieux tiroir pour découvrir de l'inattendu. Partout il y avait du jamais vu. Elle considérait le monde sensible de son œil d'écrivain, avec l'acuité, l'absence de ménagement et l'amour d'un revenant. Comme un exilé a le mal du pays, se dit-elle, l'écrivain a le mal de la vie. Elle pensa à son chat Gaspard qui, les jours de gros vent, interrompait sa tournée des lits pour humer sur le balcon l'odeur lointaine de la forêt. La littérature c'est la nostalgie de la vie. Pas mal. A noter. Maintenant Léa ne gaspillait plus rien. C'était si dur de s'extirper les phrases, qu'elle engrangeait avec soin toute belle formule qui lui tombait du ciel gratos.

— Effrayant, tout ça, dit soudain Victor, positivement effrayant. C'pas ? c'est angoissant tous les plats qu'il y a… Bon, allez, courage, je tente les escargots.

Léa s'arracha de la fenêtre et répondit distraitement :

— Les escargots, vous croyez ?

— Il y a toujours une part d'incertitude avec les escargots, mais j'avoue qu'un petit risque n'est point pour me déplaire.

— Vous avez raison, dit-elle, on apprécie mieux.

— Il paraît que les escargots, ça fait... ça donne envie de... (Il eut un petit geste scabreux mais élégant.) Du moins, c'est ce que prétendait Antiphilos d'Agrigente dans son *Apologie du mou et du bas.*

— Eh bien, dites donc, pour un éditeur vous avez des lettres !

— Chapitre escargots, je suis incollable. J'ai toujours aimé ça, les escargots. Ça me rappelle quand j'étais petit.

Léa se donna un air attendri. Il poursuivit :

— Je les ramassais afin d'observer leurs us et coutumes... Je les gardais en cachette dans mon lit et je dérobais de la salade à ma mère pour subvenir à leurs besoins... Un lit, pour un escargot, c'est le désert, le Sahel, il fallait intervenir, les sauver de la famine !... J'aimais beaucoup les animaux. Je ne supportais pas l'idée qu'on puisse les manger, c'est bête, mmh ? Ça me... comment dire ? Ça me...

— Ça vous révoltait ?

— Exactement, c'est le mot juste, ça me révoltait !

Voilà un mot qu'il ne devait guère employer souvent.

— Bon, allez, fit-elle, je vais prendre le risque avec vous. Je vais montrer qu'une femme aussi peut avoir du courage. Sus aux escargots !

Il s'éclaircit la voix et dit :

— Une fois, j'ai invité un confrère américain à manger des escargots. Je lui ai fait croire qu'on les servait vivants et qu'il fallait leur transpercer la tête avec une aiguille...

Il eut un rire littéraire, un de ces rires nasaux très distingués qui se portent beaucoup dans le sixième arrondissement mais qui effraieraient peut-être des Esquimaux.

Léa se dit que c'était avec ce rire et ses cravates superfines qu'il devait essayer de compenser son aspect un peu rustre, qui n'était d'ailleurs pas dénué de charme. Nez virulent, oreilles criardes, menton sans états d'âme, il aurait pu jouer un gladiateur dans un péplum, ou un sergent instructeur hargneux dans un film de guerre américain. En tout cas ses ancêtres ne devaient pas avoir été troubadours. Allez savoir comment il avait réussi dans l'édition avec une tête pareille. Peut-être son côté balourd rassurait-il les requins, les scorpions et les vipères.

A la vérité, il avait percé grâce à une constatation et à une règle de conduite.

La constatation c'était que les hommes ne fonctionnent pas uniquement à l'intérêt (qui les rend myopes), mais aussi à l'amour-propre (qui les aveugle). Contre toute attente ils sont souvent plus prétentieux que cupides.

La règle de conduite c'était, primo, de toujours présenter les choses à son avantage mais en restant le plus près possible de la vérité, quitte à assener de temps en temps, au moment psychologique, un mensonge à assommer un bœuf – il passait alors comme une lettre à la poste helvétique. Secundo, de préférer systématiquement, de manière presque fétichiste, la dure et cuisante réalité à ce qu'on aimerait qu'elle soit. Tertio, de ne jamais oublier de souhaiter leur anniversaire aux assistantes, aux secrétaires et aux standardistes.

— Savez-vous ce que disait Baudelaire ? fit-il. A propos des escargots ? Que, préparés avec art, c'est aussi savoureux que des cervelles d'enfants…

Il se mordit la langue en se rendant compte de la gaffe magistrale qu'il venait de commettre. Il se reprit :

— Justement, j'avais l'intention de vous demander des nouvelles du vôtre…

Il posa sur Léa un regard interrogateur empreint d'une anxiété ostentatoire.

— Il va plutôt bien, dit-elle, mais… on ne pourra éviter l'opération. (Victor fit une grimace douloureuse.) Oui… Remarquez, je suis tout à fait confiante, les chances de succès sont plus élevées que les risques de… Et il y a une clinique de Los Angeles spécialisée dans ce genre d'intervention. C'est évidemment très coûteux, mais il n'est pas question pour moi de le faire opérer ailleurs.

— Quand il s'agit de la vie d'un enfant, dit Victor en croquant avec gravité un amuse-gueule, il ne faut faire aucun compromis. Aucun.

— En outre, ils ont une très grande expérience, et dans ce domaine c'est essentiel.

— Dans tous les domaines c'est essentiel ! fit Victor avec un air égrillard. Puis, conscient de sa maladresse, il ajouta : Donc le diagnostic est bien établi, voilà déjà un grand pas en avant. En chirurgie c'est très important le diagnostic.

— Oui, il s'agit d'une maladie de la moelle épinière qui…

Le garçon de restaurant était là, droit comme un cierge. Il devait avoir une trentaine d'années. Sa figure torturée, aussi longue qu'un jour sans pain, était impeccablement soulignée par un nœud papillon.

— Avez-vous fait votre choix ? s'inquiéta-t-il.

Victor quitta d'un seul coup son air grave, et, retrouvant son enthousiasme pour les escargots :

— Nous avons opté pour les escargots ! Auréolés de fenouillade.

— Sur leur lit de petits légumes du jardin ? demanda le garçon avec un sanglot dans la voix.

— 'bsolument. Je pense qu'en cette saison c'est un choix qui… C'pas ? (Il interrogeait des yeux le garçon.) Vous nous les conseillez ?

— Je ne les ai pas goûtés, monsieur, soupira le garçon d'un air accablé, mais je présume qu'une fois finement accommodés par des mains expertes, ils n'auront aucune raison de ne point vous satisfaire. Ce sont des escargots. A ce titre, ils sont très appréciés des amateurs de mollusques gastéropodes terrestres.

— J'aime les escargots, dit Victor avec une pointe d'impatience, à condition qu'ils soient fidèles à eux-mêmes. Si j'ai le moindre doute, je m'abstiens. Seulement je ne peux aller demander à chaque escargot, avant de le manger, s'il est bon ou pas. C'est pourquoi, avant de me soumettre aux autorités culinaires, je me renseigne, je sollicite un avis compétent, je pèse le pour et le contre… Vous êtes nouveau ici, c'pas ? J'ouvre donc une parenthèse pour vous signaler que je suis Victor Pontier. Je ne dis pas cela pour me vanter, je le dis parce que c'est vrai et que la vérité est la vérité. Quand je mets les pieds sous la table, j'aime bien mettre les points sur les *i*. Certains restaurateurs, après coup, m'ont dit : "Ah ! si nous avions su qui vous étiez…" Alors voilà, vous savez, fin de parenthèse. Pour en revenir à nos moutons, j'espère que ce ne sont pas des escargots congelés en provenance de Mandchourie ?

Le garçon eut un haut-le-corps :

— Monsieur…

— Non, je vous demande ça parce qu'en ce plat monde il faut se méfier de tout. Moi j'aime bien savoir ce que je mange. Si je mange des escargots, je veux que ce soient des escargots français, bien gris, bien charnus, bien spongieux. Ce n'est pas du nationalisme, c'est de la prudence.

— Monsieur, il ne me coûterait guère d'affirmer que nos escargots sont toujours excellents, mais, comme vous le fîtes remarquer avec pertinence, la vérité est la vérité, elle possède une humilité qui lui est propre, elle a ses exigences, ses limites, et ne saurait faire préjuger de ce qui sera au nom de ce qui fut.

— Bon, dit Victor avec un sourire jaune, au moins suis-je rassuré en ce qui concerne la rigueur intellectuelle des garçons de restaurant. Nous prendrons tous deux les escargots auréolés de fenouillade.

— Sur leur lit de petits légumes du jardin ; bien, monsieur. Vous servirai-je une entrée ?

— Tout à fait, répondit Victor en piquant du nez vers la carte. Moi, je… Pardon, les dames d'abord…

— La salade de gésiers, s'il vous plaît, dit Léa.

Victor hocha méditativement la tête comme s'il venait d'entendre une réflexion philosophique d'une grande profondeur.

— 'bsolument… 'bsolument…, dit-il. En prologue aux escargots c'est un choix très judicieux. La salade de gésiers pour moi aussi. (Il leva les yeux vers le garçon.) Si vous ne vous y opposez pas…

— Le client est libre, monsieur. Avez-vous choisi un vin ?

— Eh bien, eh bien, eh bien, voyons…, fit Victor en ouvrant la carte des vins. Voyons, voyons, voyons, eh bien… On pourrait entrer en matière avec un petit blanc. Hein, Léa, qu'en dites-vous ? Avec les gésiers ? Un fourrebézigue, par exemple, il se laisse bien boire… Un 1984, mmh ? Cuvée épiscopale ?

Ce cornichon de garçon se tenait si près que Victor devait plier atrocement la nuque pour voir son visage, si l'on pouvait appeler visage cette gueule à caler des roues de corbillard. Au moins ne sentait-il pas la transpiration. Les garçons de restaurant qui sentent, c'était une des grandes calamités de l'édition française où tout se décide à table.

— Bon, un fourrebézigue 1984, cuvée épiscopale, commanda Victor en refermant avec résolution la carte des vins qui claqua comme un fouet, ou, pour être plus exact, comme une carte des vins refermée avec résolution.

— Et une carafe d'eau, dit Léa.

— Une carafe de sirop de grenouille pour madame, confirma Victor.

S'abstenant de tout commentaire, le garçon fit un bel effet de torchon et s'éclipsa.

Au travers des feuilles grasses des philodendrons, Léa observait les restaurés en pleine mangerie, en particulier quatre costume-cravate qui jouaient des mandibules autour d'une pintade rôtie. Le genre chefs des ventes dans une lapinière intensive. Ils n'avaient pas l'air d'avoir inventé la râpe à fromage à pédales, mais on ne leur en demandait sûrement pas tant. Comment les définir ? Ne veulent pas savoir qu'ils sont mortels, périssables comme ce qu'ils vendent. Que pouvaient-ils se raconter ? “Les affaires vont bien, la voiture tourne rond, les enfants poussent droit…" Ils cuisaient leur bêtise au feu doux de leurs certitudes. Les pensées "négatives", un chien de garde intérieur les chassait de leur tête. Leur néant n'avait pas l'air de trop leur peser, ils dévoraient chaleureusement, avec le sourire. Un sourire c'est si gentil. Une petite célébration de l'instant, une fleur du présent, un pied de nez à ce salaud de temps… Mais Léa n'aimait pas les sourires. Les sourires tristes ou les sourires ironiques, d'accord, mais les sourires qui ne servaient qu'à lubrifier des conversations vides ou à peinturlurer le mur d'indifférence entre les gens, merci bien. Ces joviaux attablés avaient beau se fendre complaisamment le visage d'une oreille à l'autre, peut-être vous auraient-ils enjambé sans broncher si vous étiez tombé dans la rue.

Victor décortiquait Léa. Ce n'était pas une perdrix de l'année, elle marchait allégrement sur ses quarante ans, elle aussi. Peut-être les avait-elle déjà encaissés, mais elle pouvait encore faire des ravages. Des yeux remplis de couleurs noires – élixir de nuit. Méchant décolleté bien profond avec un crucifix en or au milieu, les pieds du Christ au chaud. Chevelure d'ébène très drue, presque crépue, tombant sur les épaules nues, et dont elle jouait savamment, tournant la tête de droite et de gauche, style "je m'intéresse à ce qui m'entoure". Elles savent y faire, personne ne leur apprend. A quatorze ans, avant même de connaître l'étreinte du mâle, elles ont déjà la science pour leur mettre l'eau à la bouche. Avec l'âge, elles raffinent, elles se perfectionnent… Cette beauté grave et sereine, un rien hautaine, associée au décolleté arrogant, ce rouge à lèvres avec le crucifix… Le contraste, c'est ça qui allume le désir. Ce soir, elle s'était mise en frais, elle avait dû aller chez le coiffeur l'après-midi même. Quelle galère de plaire ! Mais ça les excite de se pomponner, d'essayer des jupes, de s'élimer, de s'épiler… Elle s'était pour ainsi dire surféminisée, il la sentait un peu gênée. (Au même moment elle se disait : "Qu'est-ce qu'il a à me regarder comme ça ? On dirait que je suis comestible.") Il percevait le frou-frou de sa jupe et le toc-toc de ses talons aiguilles quand elle remuait les jambes. Si elle avait un jupon, elle allait le rendre fou. Bon, du sang-froid. D'abord, contrôler la conversation. De quoi parlaient-ils avant que l'autre andouille ne… ? C'était quelque chose de très délicat… Ah oui !

— Vous évoquiez un problème d'os à moelle concernant votre fils…

— Oui, je disais que l'intervention chirurgicale était très coûteuse. Absolument nécessaire mais très coûteuse… Enfin, je… (Elle prit un air embarrassé.) Vous allez croire que j'insiste sur ce point pour que vous teniez compte de mes… difficultés…

Il dépliait sa serviette avec précaution, du bout des doigts, comme un médecin écarte les lambeaux de vêtement d'un accidenté pour examiner les blessures.

— Ma chère Léa, les éditeurs ne sont pas des sauvages : si je m'inquiète de la santé de votre fils, c'est précisément parce que je tiens à vous aider. Certes, ma tâche n'a rien de facile, *l'Energie du désespoir* est loin d'avoir fait l'unanimité dans la Maison. Votre manuscrit a été jugé un peu…

— … un peu pas comme il faut ?

— Avouez que vous n'écrivez pas comme tout le monde. Vous vous permettez des libertés qui…

Léa, la littérature est une vieille dame qui mérite d'être respectée… si l'on commence à verser du whisky dans sa théière…

— Oh, je suis sûre qu'elle aimerait ça.

— En tout cas vous vous posez un peu trop en donneuse de leçons, c'est mal vu aujourd'hui.

— Je sais, il faut bégayer pour ne pas froisser les gagas, mais moi je n'y arrive pas. Prendre les ignorants avec des pincettes ? Crier au feu avec la bouche en cœur ? Baisser la voix, courber le dos pour ne pas être taxé de prétention par les chenilles ?

— Les nuances, ça existe, tout de même, pourquoi s'en priver ? Au lieu de dire que les voitures sont des engins de mort, pourquoi ne pas dire "la route est dangereuse" ? Au lieu d'appeler les centrales nucléaires les marmites du diable, pourquoi ne pas dire…

— Que le plutonium passe très bien avec quelques verres de vodka ?

— Non, mais qu'un débat s'impose sur l'avenir des déchets, problème qui concerne chacun de nous.

— Oui, soupira-t-elle, on pourrait tous s'exprimer ainsi, avec cette phraséologie sucrée. La vie aurait moins de sel mais ce serait effectivement plus sérieux. Plus sérieux et moins vrai. La vérité a la dent dure, que voulez-vous…

— Ecoutez, Léa, revenons sur terre. Je suis d'accord avec vous : le monde littéraire manque plutôt de sel que de sucre. C'est un champ rempli d'escargots, les escargots du conformisme (bon titre de roman, se dit-il). Mais on peut faire son chemin sans écraser ces pauvres bêtes.

— Ecrire tordu pour épargner des mollusques ? Merci bien. Ce qu'il ne faut pas dire, c'est peut-être justement ce qu'il faut écrire.

Victor sourit en esquissant un applaudissement :

— J'aime cette détermination, rien n'est plus beau qu'une femme qui a des tripes. Si je me fais l'avocat du diable, c'est dans votre intérêt. Votre roman est en instance d'acceptation, je vous l'ai dit au téléphone, il ne me reste qu'à régler quelques détails avec vous ; seulement, je m'inquiète pour votre avenir. Il y a beaucoup plus de ronces hors des sentiers battus…

— Mais il y a beaucoup moins de foule.

Il étendit soigneusement sa serviette sur ses genoux et répondit à mi-voix :

— Certes, certes… toutefois un brin de prudence ne nuirait pas à votre carrière.

Léa se pencha vers lui, jeta un regard autour d'elle comme s'il y avait danger d'être entendu, et murmura :

— La prudence, brrr… ça me fait peur… Est-ce bien une vertu d'écrivain ? *Ne crains que ta prudence, ô Zarathoustra…* Laissons les précautions aux hépatiques et aux exégètes. L'alcool brûlant de la littérature, buvons-le cul sec !

Il ricana du nez et dit :

— A l'heure actuelle, la tisane a meilleure presse. Vous, c'pas, vous écrivez pour pêcher la cruelle vérité, non pour noyer le poisson… Vous ne mâchez pas vos mots, vous osez appeler un rat un rat… Personnellement, je considère que votre audace est une qualité. Cependant mes illustres collègues du comité éditorial ne sont pas tous de cet avis. Certains estiment que le lecteur a le droit d'ignorer le mauvais côté des choses… Il mérite le respect, on ne doit pas attenter à sa liberté d'illusion.

— Et qu'est-ce qu'il en pense ? demanda Léa.

— Qui donc ?
— Le lecteur.
— Vous savez, Léa, le public mange ce qu'on lui donne. Qu'on médiatise du jus de chaussette en proclamant que c'est un pur nectar, et le public s'en délectera. En tout cas il achètera, c'est ce qui compte. Les gens achètent n'importe quoi, hélas…
— C'est peut-être parce qu'on leur vend n'importe quoi.
— Mais quand on ne leur vend pas n'importe quoi, s'écria Victor, ils n'achètent plus rien ! *Comment rendre fou son voisin*, nous en sommes à cent mille exemplaires, est-ce ma faute ? *La Santé par les bains de siège*, quatre-vingt mille, que voulez-vous que j'y fasse ? *La brume effacera nos larmes*, le roman de l'épouse du roi de la porcelaine, grand prix des fabricants d'infusion, nous procédons au sixième tirage, qu'y puis-je ? Les Mémoires de n'importe quelle prostituée, même n'ayant jamais travaillé à la télé, ça se vend mille fois mieux qu'une nouvelle traduction de Goethe…
— Ceux qui commettent avec préméditation de la littérature industrielle sont quand même plus coupables que ceux qui en achètent sans réflexion.
— Bon, il est vrai que certains confrères en viennent à faire *du* livre au lieu de faire *des* livres, ou qu'ils ont tendance, sous la pression de nos amies les banques, à publier n'importe quoi si l'auteur n'est pas n'importe qui… Disons que, pour survivre, ils sont obligés de mettre du plâtre dans leur farine – mais personne n'est obligé de courir acheter leur pain. Les consommateurs ne méritent parfois que leur première syllabe.

La preuve : votre dernier roman était admirable, combien avez-vous fait ? Cinq mille ?

Léa eut un sourire amer :

— La presse m'a servie plutôt chichement…

— Eh oui, les livres n'ont plus le temps d'attendre que le bouche à oreille sépare le bon grain de l'ivraie, alors il faut faire un tam-tam d'enfer pour attirer le chaland. Seules de grandes maisons comme la nôtre peuvent assurer à leur production romanesque une médiatisation massive. Nous avons des pions partout, des espaces de pub, des créneaux télé, des biscuits à distribuer, un aréopage de fins critiques sensibles à notre démarche éditoriale… Et, sans vouloir me vanter…

Surgi de nulle part, le garçon était là, raide comme la statue du commandeur. Collant la bouteille sous le nez de Victor, il annonça d'un ton impératif :

— Fourrebézigue 1984, cuvée épiscopale.

— 'bsolument, fit Victor en louchant sur l'étiquette.

Le garçon déboucha la bouteille cérémonieusement et versa un doigt de vin dans le verre de Victor. Celui-ci se livra au rituel de la dégustation avec une dignité de gourmet intransigeant prêt à aller jusqu'au bout de ses convictions gastronomiques. Il agita son verre, renifla le vin, le prit en bouche, mâchouilla doctement le liquide, les yeux morts, puis se gargarisa avec gravité… Il y eut un moment de suspense intense… Victor avait l'air solennel et terriblement concentré d'un notaire se préparant à ouvrir le testament du diable. Le regard anxieux du garçon était rivé sur lui.

Bouchonné, pas bouchonné ?

— Parfait, trancha finalement Victor.

Le garçon se détendit d'un seul coup et servit ("S'iiil vouplè...") Léa, puis ("S'iiil vouplè...") Victor.

Avec la curiosité badine d'un hédoniste cultivé ouvert à toutes les pittoresques singularités offertes par notre monde merveilleux, Victor demanda :

— Pourquoi "cuvée épiscopale" ?

Le garçon remit la bouteille dans le seau à glace comme un oiseau rare dans sa cage et répondit :

— En l'an 1984, Mgr l'évêque de Gonfaron fit halte à Fourrebézigue. (Il prit un ton confidentiel.) En voyage il arrive parfois que... même un évêque...

— C'est normal, dit Victor d'un air compréhensif en sirotant son vin. Il fait chaud, on a soif et (il fit avec le pouce le geste de boire au goulot)... Qui lui jetterait la première pierre ?

— Non, monsieur, je voulais dire que... sur la route, Mgr l'évêque de Gonfaron... Bien sûr, je n'étais pas présent, mais c'est ce qu'on raconte dans les caves autorisées... Mgr l'évêque de Gonfaron fut pris... enfin, Dieu lui accorda une envie irrépressible de... et il dut se soulager dans les vignes.

Victor avala une gorgée de travers. Le garçon s'empressa d'ajouter :

— Remarquez, satisfaire ses besoins naturels n'est point péché... pourvu qu'on n'en abuse pas. Dans l'article I de la question 119 de la troisième partie de *la Somme théologique*, saint Thomas d'Aquin...

— Tout à fait, coupa Victor, il a eu des propos admirables sur ce sujet délicat mais ô combien fondamental.

Le garçon s'éclipsa, portant sa tête comme le saint sacrement.

Agaçant, ce type. Il y en a, dès qu'on est gentil, ils prennent racine. Et Victor n'aimait guère les garçons de restaurant qui ne ressemblaient pas scrupuleusement à des garçons de restaurant. Dans un établissement de cet ordre, ce n'était pas normal.

Léa rajusta du bout des doigts une mèche sur son front.

— Su-ccu-lent, ce fourremachin, dit-elle.

— 'bsolument, il a un petit côté…

Et il eut un geste exprimant l'idée de s'envoyer en l'air spirituellement.

— En effet, approuva Léa, il est très…

Elle fit un mouvement des yeux vers le plafond, mimant à la fois l'extase religieuse et la jouissance terrestre.

— Exactement ! dit-il. Au fait, nous n'avons pas encore trinqué. Je lève mon verre à la santé de votre fils.

— 1984, justement, c'est l'année de sa naissance.

— C'est aussi l'année de la mort de ma grand-mère ! s'écria Victor, radieux. Alors buvons à la santé des générations futures et au repos éternel de nos aïeux qui ont tant souffert pour que nous puissions nous taper la cloche… et (il désigna du menton le cartable à ses pieds) faire de bonnes affaires…

— Trinquons à l'humanité entière, déclara Léa. Ecoutons ceux qui ne se font pas entendre, regardons ceux qui ne se montrent pas, et visons au divin pour aller jusqu'au bout de l'humain !

Victor tiqua. C'était le genre de déclamation qui lui rétrécissait le gosier. Il avait horreur des grandes phrases : ceux qui s'en miellent les babines, loin d'être prêts à vous donner quoi que ce soit, finissent toujours par vous réclamer quelque chose. Beau diseur, esprit noir. Quand un auteur met la main sur le cœur, il ne va pas tarder à augmenter ses tarifs. Il but en se demandant ce qu'elle mijotait.

Elle se posait la même question à son sujet. Il avait un air d'en avoir deux. On aurait dit une marmite bouillonnante d'arrière-pensées.

Il y eut un long bras de fer de silence. Finalement c'est elle qui céda :

— Vous disiez que... pour le lancement de mon...

— Oui, c'pas, je vous expliquais que notre Maison a un certain poids. Si nous arrivons à un accord parfait, vous et moi, je compte tout mettre en œuvre pour que votre nouveau roman bénéficie de la promotion qu'il mérite. J'ai la volonté de le faire, le pouvoir de le faire, et je le ferai.

— Ah, ce serait formidable... Si vous saviez ce que ce cochon de texte m'a coûté...

— Je le sais, Léa. Vous êtes de ces auteurs en voie de disparition qui écrivent avec leur propre sang. Leur vie est mangée par leur œuvre mais la poussière de leurs sandales a plus de prix que les lauriers de beaucoup d'autres...

Il se tut un instant puis ajouta :

— Je vous assure que de bons auteurs, il n'y en a pas gras. Pourtant, le démon de l'écriture n'a jamais été si prospère, chez moi je dois écarter les manuscrits pour trouver mes pantoufles. C'est que n'importe qui, en lisant n'importe quoi, se dit qu'il peut en faire autant ; résultat, ça grouille d'écrivaillons comme de têtards dans une mare – mais combien d'entre eux arriveront crapaud ? Il y en a, avec des têtes d'homme des bois, qui viennent vous jeter leur brouet d'andouille à la face, ils s'imaginent faire du neuf parce qu'ils ne savent pas écrire, ils croient être sans compromis parce qu'ils ne se lavent pas, ils crachent sur le système, ils conchient d'avance les journalistes, traitent la télé de supermarché cathodique, de parade d'excréments, ils dénoncent en toutes lettres la tyrannie du verbe, les mots sont les boulons de l'oppression, Gutenberg était un vendu, il faut remettre les académiciens à la charrue !... Les plus envahissants ce sont les cafardo-réalistes, fruits des amours arides de *l'Etranger* et de Marguerite Turases : *Elle mit une chaussette. Il la regarda. Elle sentait qu'il la regardait. Elle mit l'autre chaussette. Il ne disait rien. Elle non plus ne disait rien. Tous deux se taisaient. Irons-nous boire un verre ? dit-il. Elle ne répondit pas. Elle regardait ses chaussettes avec ses pieds dedans. Ses deux pieds. Il répéta sa question. Peut-être, dit-elle. Elle ne se leva pas. C'est beau un préservatif qui pleure, dit-elle. Il dit oui.* Etc. On en voit d'autres, ils sont premiers de la classe d'une école d'écriture : des forts en texte bien peignés, la tête qui sort du pressing, la bouche en croupion d'oie de Noël, guindés comme s'ils avaient leur stylo coincé quelque part, et qui vous proposent de vous livrer clés en main des romans calibrés à la virgule près pour le marché international. Seulement, quand on lit leur verbomachine bien huilée, on a l'impression qu'ils l'ont écrite avec un pied à coulisse... Ah, pour faire ce métier il faut avoir le cœur bien accroché ! Si vous saviez à quel point je suis dégoûté de ce que je lis, de ce que je suis parfois obligé de publier… Des romans à la graisse de cheval à bascule, des historiettes corsetées, des livres-squelettes portant monocle, des wagons de clichés camouflés, du renfermé parfumé, du réchauffé au micro-ondes…

— Bah, laissons les livres enterrer les livres.

— Vous, la littérature sans provision ce n'est pas votre genre, on lit une seule page de Léa Belmont et on se dit : "Cette femme, voilà enfin un homme ! Enfin une âme !"… Et moi, quand je débusque une âme, amiamiam ! je ne la laisse pas filer !

Il savait amadouer un auteur : la technique était simple et marchait à tous les coups, comme lorsqu'on gratte un chat sur le sommet du crâne.

— Ce que je veux, ronronna-t-elle, c'est ôter avec les mots la carapace des êtres et des choses… Donner l'heure juste tout en faisant apparaître le mécanisme d'horlogerie, comme dans une montre transparente… Rude besogne, qui m'a cassé quelques ressorts. Ce qui vide le plus, voyez-vous, ce n'est pas d'écrire beaucoup, c'est d'écrire profond. Et de s'apercevoir que ça ne sert pas à grand-chose. On veut construire une passerelle de mots pour atteindre les autres, mais… on ne cesse de les voir s'éloigner…

Ce disant, elle jouait avec un morceau de pain, alignant des miettes sur la nappe blanche en direction de Victor.

— Qu'est-ce qu'un écrivain ? reprit-elle. Un vrai, un qui ne met pas d'eau dans son encre, un qui ne prévoit pas de vivres pour le retour… (Il avait sa petite idée sur la question : un écrivain c'est un lecteur qui a mal tourné – mais il se garda bien de le dire.) C'est un témoin, continuait-elle, un enquêteur qui pénètre jusque sous les crânes, un éclaireur en territoire interdit, un... Ah, zut, je romantise... Disons que ce n'est pas un coq en pâte. Vraiment pas. Supporter le sourire en coin des petits malins qui vous donnent perdant parce que vous visez haut ; avaler le fiel des bas de plafond qui vous accusent de ne pas être Shakespeare, ou de céder à la facilité parce qu'on vous lit sans effort ; persévérer contre toute logique en essayant de conserver, malgré vos nerfs malades, ce grain de folie qui vous fait faire ce qu'on n'attend de personne et vous fait dire ce que nul ne veut entendre... Jamais rien d'assuré, point de franche lippée, tout à la pointe de la plume... Et si par hasard ça marche, si l'argent cesse un jour de vous manquer et la renommée de vous tourner le dos, les impotents de l'âme qui n'ont jamais levé le petit doigt pour vous aider vous soupçonneront d'avoir fait tout ça pour empocher une plus grosse part de gâteau...

Victor déclama :

— Cruelle est la solitude de l'écrivain échoué sur sa page comme sur une île déserte, une île peuplée de mots qui, euh... tels des escargots, des escargots sauvages...

— La page blanche c'est une cage aux fauves. Le pire c'est qu'on ne peut créer avec modération. Ecrire c'est toujours écrire trop, comme jouer. Aucun joueur ne joue un peu, ou juste ce qu'il faut. On mise le maximum, on se met à sec, et pour se refaire on écrit encore plus. L'écriture c'est un stupéfiant. Quand on s'y adonne, la réalité paraît ne plus être que la lie de la fiction, un insipide ersatz de nos mondes "dedantesques"... L'imagination c'est fantastique, à condition d'en profiter en simple amateur. Si l'on gagne son pain avec, on en abuse, on se presse la cervelle pour en extraire la vie, alors que ce qui fait tenir les gens, c'est l'absence d'imagination !

— 'bsolument. Œillères bouclées, nez sur la télé, conomètre au rouge, et hardi bourricot !

— Moi, ma route passe dans l'imaginaire. Je pratique la *volte* des navigateurs portugais, qui permit la découverte des nouveaux mondes. La *volte*, c'est un détour hasardeux par la haute mer pour attraper les vents favorables et poursuivre ainsi l'exploration des rivages inconnus. Telle est la fiction : un détour par l'imaginaire pour approfondir la réalité.

— C'est ça ! L'esprit a un grand large mais le commun des mortels préfère longer les côtes ! Vous, imagonaute à bord de votre stylo, vous fendez l'écume de la grande bleue intérieure pour offrir des horizons vierges, des visions neuves, des idées inouïes, de l'air irrespiré... Vous donnez, vous ne cessez de donner, et dans un monde où chacun ne songe qu'à prendre, c'pas, c'est presque de la sainteté ! Si, si... Ça fragilise tant de livrer son cœur à toutes ces mâchoires voraces, ces mains crochues... Le don de la vérité surpasse tout autre don, Léa, c'est pourquoi, et je pèse mes mots, votre roman est un cadeau somptueux à l'humanité, et quand je dis "l'humanité", j'inclus les animaux, tous les animaux, parce que vous ne les oubliez pas, vous pensez à leurs petits museaux, à leurs petites pattes, vous leur ouvrez toutes grandes les portes d'ivoire de la littérature... J'ai encore en mémoire cette page magnifique où vous écrivez que sans les animaux nous serions devenus des bêtes. Admirable paradoxe ! Ce sont eux, dites-vous, qui nous enseignent notre humanité, eux qui conservent la clé du ciel, c'est agrippés à leur queue que nous pénétrerons dans l'Eden… Et des pages du même poil, il y en a une sacrée belle brochette chez vous. Il faut le claironner, le crier sur les toits !… On les aura, Léa, on les aura, tous ces vers de terre qui ne comprennent rien à la grande littérature, on les écrasera sous nos semelles !

Et du bout de l'index il écrasa l'une des miettes, la plus proche de lui, que Léa avait alignées sur la nappe.

— Mais le combat sera rude, reprit-il, les flèches vont pleuvoir, il faut une entente plus que cordiale entre nous. Je serai le premier à m'avancer sous le feu ennemi. Je m'occuperai personnellement des journalistes les plus importants, je veux les voir à mes genoux, l'encensoir à la main.

Il se pencha et saisit par la cravate un journaliste imaginaire. Puis, l'air méchant, il siffla entre ses dents :

— Vous n'avez pas aimé le roman de Léa Belmont ?

Il prit une mine sadique et, d'un ton doucereux, il répéta :

— Vous n'avez pas aimé le roman de Léa Belmont ?

Alors il empoigna son couteau et égorgea lentement, avec gourmandise, le journaliste imaginaire. Puis il laissa choir sa victime et reposa délicatement le couteau sur la table.

— Vous êtes gentil, fit Léa.

— Moi je suis comme ça, quand je veux quelque chose je deviens aussi féroce qu'un routier au volant. Ou qu'un footballeur marseillais isolé en pays étranger et tombé en panne de pastis.

Il avait un air sanguinaire. Le garçon, qui s'était approché pour remplir les verres, le regarda avec inquiétude. Victor patienta. Quand l'autre se fut éloigné, il poursuivit :

— On va bombarder de pub les plus grands journaux pour être sûrs qu'ils pondent de bons papiers. Avec votre photo, sur les encarts, parce que vous avez des yeux qu'il faut exploiter au maximum... Ça va saigner, on vous verra partout... Avec votre sourire... Vous ne souriez pas assez... Voilà, comme ça, un beau sourire bien franc, avec vos dents à faire bander les morts, et même un petit morceau de langue au fond, parfait, ne bougez plus ! C'est ainsi que je vous veux sur les photos. Non, ne plissez pas les yeux, ça fait des rides. Vous devez apprendre à sourire en arrondissant les yeux, eh oui, la gloire est à ce prix. Je ferai de vous quelque chose de grand, Léa, je vous le dis ici et maintenant, je prends date face aux oreilles de marbre de la Postérité. Mais je dois être sûr que nous marcherons main dans la main... que vous donnerez du vôtre... le meilleur de vous-même...

Le garçon lui coupa le sifflet :

— La salade de gésiers ?

— Pour madame.

— S'iiil vouplè... L'autre salade de gésiers... ?

— A votre avis ? grinça Victor.

— S'iiil vouplè...

— Hmm, fit Léa, ça a l'air très bon...

Le garçon, qui était sur le point de se retirer, fit volte-face et déclara, tandis que Victor pianotait nerveusement sur la table :

— Ce matin, ces gésiers palpitaient encore dans les entrailles frémissantes de paisibles oiseaux, c'est dire s'ils sont frais... Quant à la laitue, c'est la salade même qui composait l'environnement familier et la nourriture favorite de ces innocents volatiles avant qu'ils ne succombassent sous le couteau du sacrificateur. Je vous souhaite un bon appétit.

Il se retira. Sans tarder, Victor reprit l'offensive.

— Oui, je... nous disions donc, c'pas, que, vu nos projets et compte tenu des circonstances, il vous faudra, euh...

Léa l'interrompit :

— Vous permettez...

Elle joignit les mains au-dessus de son assiette, ferma les yeux et se mit à murmurer un bénédicité, sans oublier d'être belle. Puis elle fit un signe de croix en pressant chacun de ses seins et s'excusa :

— Vous allez penser que je suis un peu cul-bénit mais c'est un vœu que j'ai fait... pour mon fils. Vous n'êtes pas obligé...

— Oh, mais ça ne coûte rien...

Il joignit les mains et prit un air humble en louchant sur le décolleté de Léa. "Vieux Singe, pensa-t-il, je sais que tu n'existes pas, et tu le sais aussi bien que moi. Si malgré tout, par extraordinaire, tu tiens boutique quelque part là-haut, laisse-moi te dire que la Terre n'a pas dû te coûter bien cher, avec les milliards de galaxies que tu as mises en circulation... Tu me sembles totalement inefficace, mais je te laisse une chance : accorde-moi ce que je désire et après, si j'ai le temps, je réviserai *peut-être* mon jugement..." Victor avait l'habitude d'adopter un ton sec avec les auteurs masculins car ils prenaient vite l'amabilité pour de la faiblesse, devenaient arrogants et finissaient par exiger une jaquette illustrée pour leur prochaine parution.

Sa prière terminée il se frotta les mains avec vigueur, le visage épanoui devant les biens terrestres qui s'offraient à ses sens.

Ils commencèrent à manger. Les couteaux et les fourchettes cliquetaient, tout était doux, suave, harmonieux. Le silence, honni partout durant la journée, pourchassé par la musiquasse et les moteurs, se faisait à présent complice du plaisir. Ce n'était pas un silence aux bottes de sept tonnes, comme lorsque deux personnes n'ont rien à se dire, c'était un silence ailé, raffiné, terreau de futurs traits d'esprit, de saillies charmantes, de vérités exquises et virevoltantes, bref un silence bien français, à l'image des escargots de Bourgogne qui mitonnaient dans la touffeur des cuisines. A l'extérieur, les automobiles se raréfiaient, Paris respirait, se retrouvait. Le monde se reposait de son fardeau humain, la Terre s'efforçait de reprendre son souffle et la nature d'absorber les ondes d'angoisse émises par les villes-machines.

Victor observait Léa du coin de l'œil. Elle mangeait lentement, de façon très sexy, ouvrant bien la bouche, montrant sa langue, se pourléchant.

Il jeta un regard furtif derrière lui pour voir si l'autre face de carême ne préparait pas une nouvelle attaque-surprise, et dit :

— Ce serait épatant de parvenir à nous mettre d'accord… J'ai notre petit contrat…

Et il tapota le cartable à ses pieds comme s'il s'agissait de l'encolure d'un cheval.

— Vous avez le contrat ? fit Léa, ravie.

— Dans les affaires, le plus vite est le mieux… Ce n'est pas comme en amour.

— C'est vrai, en amour on va trop vite aujourd'hui. Les choses n'ont plus le temps de prendre du goût. On ne laisse pas assez musarder l'imagination, la vitesse ça ne colle pas avec les sentiments. Ça tue l'invisible.

Victor croqua une feuille de salade un peu hâtivement et précisa :

— Tout à fait, mais je me permettais de songer à l'acte d'amour lui-même. Surtout en cette saison où les nuits commencent à être longues. Signer un contrat c'est vite fait, on lit, hop ! on signe et c'est fini, mais pour le reste, on a le droit de faire durer le plaisir…

— Alors vous avez envie de faire quelque chose avec moi ?

— Mais je ne rêve que de ça !

— … avec mon roman, je veux dire ?

Victor s'assombrit et ne répondit rien. Il découpait ses gésiers sans pitié, en serrant les dents. Pourquoi devenait-il si simple de faire n'importe quoi d'absurde, et si compliqué de faire quelque chose de naturel ? Il lui vint la nostalgie du bon temps des cavernes, quand les femmes se donnaient sans cérémonie. L'âge d'or. Dès que l'aurore pointait son nez, on leur faisait voir la feuille à l'envers, puis on partait entre hommes pour de grandes expéditions de chasse dans la nature déployée, innocente, fraîche comme une adolescente sortant du bain. Le ciel était d'un bleu plus profond, les mots étaient moins abondants que les fruits, les arbres étaient nos frères. Et l'air avait de la saveur. C'était le matin des choses, les grandes vacances primitives, le printemps sacré de l'espèce. En nous éloignant de la nature, sommes-nous montés ou descendus ? Les merveilles du progrès ne sont-elles pas les fleurs et les couronnes de l'humanité ?… *A notre* Homo sapiens *bien-aimé, reconnaissance éternelle des machines…*

— Peut-être serait-il digne d'un prix ?

— Quoi ? aboya-t-il.

— Peut-être mon roman serait-il digne d'un prix ?

— Un prix ! fulmina Victor, la fourchette en bataille. Vous ne voudriez pas qu'on vous attribue la Légion d'honneur, pendant que vous y êtes ? Les prix c'est du pissat d'âne pour attirer les mouches... Corne d'aurochs ! J'allais oublier... Permettez...

Il dégaina son téléphone portable et composa un numéro.

— Trudec ? Pontier ! Comment va la santé ?... Oui... Oui... Allons, allons, ça se guérit très bien à l'heure actuelle. Et Mme Trudec ?... Oui... Oui... Ne soyez pas pessimiste, la psychiatrie est beaucoup plus moderne que par le passé. Et votre fils ?... Oui... Oui... Vous savez, l'enseignement est si lamentable que c'est un honneur de se faire virer. Et votre fille ?... Oui... Oui... Mais une première tentative, ce n'est jamais très sérieux, c'est juste un appel au secours. Et votre adorable chienne ?... Non !?... Non !?... Six petits chiots ! Eh bien vous voyez, tout ne va pas si mal !... Ça c'est vrai, ce que vous dites, eux au moins ils ne nous déçoivent jamais... Oui, je vous appelle au pied levé pour vous annoncer une bonne nouvelle. J'ai rendez-vous la semaine prochaine chez le minicul – enfin, le ministre de la Culture. Il est désireux de me parler de sa fille qui caresse le projet de prendre des responsabilités dans une maison d'édition. Nous avons répondu présent, il faut bien aider les jeunes. J'ai pensé profiter de l'occasion pour toucher un mot au ministre des difficultés financières de la Fondation Durand-Pinette... Mais non, c'est tout à fait normal. La littérature a besoin de vous, et vous n'êtes pas sans savoir que le prix Durand-Pinette me tient particulièrement à cœur. J'ai beaucoup d'espoir pour notre roman en lice, *la Jument et le jujubier* de François-Fernand Beauduc… Quoi ?!… Non, il n'est pas encore paru, il est sous presse, mais les épreuves auraient dû vous parvenir ! Ça alors, c'est plus fort que le roquefort !… Je sais que ça a lieu demain !… Bon, écoutez, ne nous affolons pas, rien n'est perdu. Je vous expédie *la Jument.* Peut-être la recevrez-vous après les délibérations, mais cela ne doit pas faire obstacle à votre décision. Vous ne pouvez passer à côté d'un tel roman à cause d'un vulgaire petit retard… Vous le lirez après, ça ne fait rien. Au contraire, vous aurez plus de temps pour le savourer, pour apprécier le bien-fondé de votre choix… Si la parution n'est pas encore annoncée c'est, euh – vous avez raison de me poser cette question –, c'est parce que nous aimons faire des petites surprises aux libraires… C'est un roman remarquable, bouleversant d'émotion contenue et de réserve, éblouissant par tout ce qu'il ne dit pas, un chef-d'œuvre de rétention et de mesure… Ne vous inquiétez pas, il n'y a aucune idée pouvant heurter, il n'y a aucune idée du tout d'ailleurs, que du beau, du beau à pleines louches. L'histoire d'un premier amour en Cochinchine… D'accord, ça a été fait trente-six millions de fois mais il y a fagot et fagot. Ce premier amour en Cochinchine-là dame le pion à tous les autres premiers amours en Cochinchine. Je le dis parce que je le pense. Et vous connaissez Beauduc, c'est un bon cheval… Oh, mais ça fait déjà longtemps qu'il a cessé de boire… Oui, c'est exact, il avait recommencé, mais il a recessé. Il a pris une femme neuve, il s'est rasé la barbe, vous pouvez le couronner les yeux fermés… Je le sais bien que vous n'êtes pas seul, mais vous arriverez à convaincre les autres membres du jury, j'en suis persuadé. Faites un effort. Il faut se serrer les coudes, la littérature navigue sur un volcan, nous sommes tous menacés… Oui, moi aussi je m'en fais une très haute idée. Même envahie par les gâcheurs d'encre et les mâche-laurier, elle reste le sanctuaire de la vérité. Si les images se mettent à faire la loi et que la littérature se voit remplacée par un simulacre, la dernière chandelle s'éteindra. Il faut protéger cette petite flamme qui peut rallumer un grand feu où nos enfants viendront se rafraîchir. *Un bon livre est un rabiot de vie*, ce mot du regretté Durand-Pinette reste gravé au cœur de ma tête… Alors je compte sur vous !… Hein ? Si je veux un chiot ? Mais je… j'ai déjà une tortue… Bon, nous en reparlerons après l'attribution du prix… C'est ça, bonne soirée, et faites-moi confiance : un roman remarquable.

Il pianota un autre numéro.

— Beauduc ? Pontier ! Où en est *la Jument* ?… Comment "une petite moitié" ?! Votre stylo est bouché ou quoi ? Figurez-vous que demain on vous attribue le Durand-Pinette, c'est un petit prix mais très prestigieux, et qui ouvre des portes… Non, pas des portes d'écurie…, alors vous avez intérêt à lui foutre le feu sous le ventre à votre *Jument*… Oui, vous me l'avez déjà dit, vous n'avez pas que ça à faire, vous avez des enfants à gaver, des chats à nourrir, seulement moi, pour votre haridelle, je vous ai allongé cinq unités, alors si vous ne tenez pas les délais je rapplique chez vous, j'embarque *la Jument* et je la fais terminer par un nègre express... Oui, eh bien moi aussi je suis crevé, tout le monde est crevé, il n'y a pas que messieurs les zôôôteurs. Vous devriez vous aérer. Tenez, il vous faudrait un chien pour vous obliger à sortir. Mais surtout prenez-le tout petit pour qu'il s'entende bien avec les chats... Bon, c'est d'accord, vous vous secouez ? Il me faut *la Jument* le plus tôt possible, vite-vite-vite, alors donnez de l'éperon ! Moi je m'occuperai de vous trouver un chien. Bonjour chez vous.

Il rengaina son téléphone.

— Emballez, c'est pesé, fit-il. Oui, je disais que non, les prix c'est de la petite bière pour vous, il faut frapper plus fort. Ce qui serait bien, pour faire démarrer votre livre, c'est un événement médiatique vous concernant. N'importe quoi... *Léa Belmont viole un chauffeur de taxi*, boum ! le bon peuple se rue dans les librairies, même si ça n'a aucun rapport avec votre roman... On pourrait jouer sur la maladie de votre fils... (Elle écarquilla les yeux.) Enfin, je veux dire, cesser de la dissimuler au public, qui a le droit d'être informé... (Elle s'était arrêtée de manger et le regardait fixement.) Mais je vous avoue que je n'aime guère ce genre de procédés. Certains confrères peu scrupuleux en feraient leurs choux gras ; moi, l'indélicatesse n'est pas mon fort, je me refuse à exploiter la souffrance d'un enfant, la douleur d'une mère... En revanche, j'ai eu une idée...

Il enfourna un morceau de gésier, mastiqua lentement, avala, s'essuya la bouche à petits coups de serviette gracieux et désinvoltes, puis il reprit :

— Une idée que je crois assez bonne... Le problème avec les livres c'est que c'est plein de mots. Il faudrait un petit plus. Vous savez que les masses consommantes sont très sensibles aux odeurs. Le nez c'est la voie royale de l'inconscient. Alors j'ai envisagé de créer une collection de livres odorants... J'ai déjà un best-seller américain sur la fin du monde : il sentira le brûlé. J'ai aussi une saga bretonne qui sentira le hareng. Votre roman, nous pourrions l'imprégner de votre parfum, votre délicieux parfum... On serait ainsi plus proche de l'auteur. On aurait l'impression de vous toucher, on écarterait les pages avec une volupté sans cesse renaissante...

— C'est une idée merveilleuse mais... je préfère qu'on achète mon livre pour ce qu'il y a écrit dedans... Cela vous paraît peut-être absurde...

— Absurde, non, mais archaïque certainement. Le contenu verbal d'un livre ne suffit plus pour déclencher la pulsion d'achat. Il faut séduire le lecteur autrement. D'ailleurs, lorsque j'envisage d'adopter un auteur, je ne me limite pas mesquinement à son texte, je prends en compte sa démarche, ses boucles d'oreilles, ses jambes... Vous verrez, nous trouverons une idée choc pour vous propulser. Nous y réfléchirons ensemble... à tête reposée.

Léa se taisait, mangeant avec impassibilité.

— C'est curieux, reprit-il, mais à présent que vous êtes là, devant moi, enfin tangible, vibrante de réalité, palpitante de vie, il me semble que j'aime davantage votre roman, comme si vous étiez son incarnation, le verbe fait chair...

— Comme quoi il faut toujours rencontrer les auteurs.

— Tout à fait, le rapprochement physique est indispensable. Les mots c'est bien joli mais si on se limite à un échange intellectuel, la ferveur de l'éditeur court le risque de se ramollir. L'œuvre et l'auteur sont un continuum, c'pas, il faut tout prendre ou tout laisser.

— Donc, pour résumer, vous n'auriez pas d'observations à faire sur *l'Energie du désespoir*? Pas besoin de remettre mon manuscrit sur l'enclume ?

Il prit son temps, s'essuya la bouche avec distinction et réétala méticuleusement sa serviette sur ses genoux.

— Peut-être serait-il souhaitable que nous donnassions ensemble quelques coups de lime, mais, bon, rien ne presse, l'important c'est que nous soyons ici, tous les deux. Le reste n'est que littérature, hon, hon, hon, hon...

Son rire de nez fit vibrer les verres.

Léa se rajusta une mèche en faisant tinter son bracelet et dit :

— Je souffre d'obsession textuelle, vous savez. Ce roman, j'y ai travaillé cinq ans, c'est la chair de ma chair, comme mon fils... Un simple détail peut s'avérer pour moi source d'anxiété...

— Chatouilleuse sur les moindres mots, c'pas, comme tous les vrais écrivains ! Mais rassurez-vous, il n'y a pratiquement rien à remettre sur le métier, sauf peut-être...

Il ouvrit son cartable et en sortit un épais manuscrit rouge. Il le posa sur la table et tourna les pages (malaisément car le manuscrit ne voulait pas rester ouvert) avec un air de componction littéraire, une sorte de délicatesse et de respect exagérés comme s'il était en présence des restes sacrés du tibia de saint Saturnin.

Ayant trouvé la page qu'il cherchait, il émit un gloussement et glissa le tranchant de sa main dans l'entre-pages du manuscrit dont la reliure craqua sous son frottement de plus en plus vigoureux. Le manuscrit une fois soumis, bien étalé à côté de son assiette, il sortit ses lunettes et les chaussa.

— Voyons, voyons… C'était ici… Voilà. Une toute petite phrase qui me pose un tout petit problème… C'est le passage où la jeune communiante subit les transports du gros déménageur. Sur la table de la cuisine… *Poussée en arrière par les deux mains velues qui ressemblaient à celles d'un bel orang-outang qu'elle avait aperçu au jardin d'acclimatation quand elle était petite, elle s'étendit sur la toile cirée où quelques miettes crissèrent, et écarta les jambes goulûment…*

Il ôta ses lunettes, les replongea dans leur étui, remit l'étui dans sa poche et poursuivit :

— Un régal de phrase. Rythmée, élégante, épicée… Les miettes qui crissent… : superbe effet de réel. Le détail qui fait mouche. Et puis ce hiatus, saperlipopette : … *et écarta…* J'en suis resté bouche bée. Grâce à ce défaut de consonne, cette fente palpitante entre deux mots, la scène saute aux yeux du lecteur, vous lui collez le nez au centre du sujet ! Jamais je ne vis hiatus aussi bien placé ! Et comme vous avez su mouiller votre phrase par l'emploi des labiales !… Quant à la postposition du *goulûment*, chapeau ! La phrase se conclut en se gonflant de cet adverbe charnu qui la couvre, la remplit…

Il fit une courte pause, se gratta le lobe de l'oreille et continua :

— Cependant, en l'occurrence, je ne vous cacherai pas que j'ai une petite réserve à émettre sur le choix de ce mot. Une jeune fille bien élevée n'écarte pas les jambes *goulûment*, elle les écarte juste ce qu'il faut. Une telle ferveur érotique de la part d'une fraîche communiante me semble une légère erreur psychologique. Bien sûr, du point de vue de votre expérience intime de femme, que je n'ai pas à approfondir, ce *goulûment* est en droit de vous sembler congru, mais un lecteur ordinaire risquerait d'y trouver à redire. Alors je me permets de vous suggérer de lui substituer le mot "pudiquement". *Poussée en arrière par les deux mains velues,* etc., *et écarta les jambes pudiquement*. Mmh ? Qu'en pensez-vous ? La psychologie sera respectée, les lecteurs friands de stimulations érotiques auront largement de quoi se satisfaire, les chrétiens ne se froisseront point et votre jeune communiante n'en sera pas moins abondamment honorée par son déflorateur velu…

— Vos remarques sont très intéressantes, répondit Léa, mais il me semble difficile d'achever ma phrase par un adverbe de quatre syllabes qui casserait tout le rythme impair, éjaculatoire, de la proposition. Et puis, cela vous a peut-être échappé – vous avez tant de choses à lire qu'il doit vous arriver de survoler certaines pages, c'est bien normal – mais il s'agit d'une scène fantasmatique, et personne ne fantasme *pudiquement*, même pas une jeune communiante. C'est très clair dans mon roman : voulant se confesser d'avoir fauté en esprit, mon héroïne séduit malgré elle le jeune prêtre en lui contant ses imaginations.

— 'bsolument, 'bsolument, mais, euh, bon, vous êtes ambiguë, votre jeune communiante se fait trousser avec un luxe de détails qui, c'pas… Les miettes qui crissent, on s'y croirait…

— Ah non ! Je suis sans équivoque, je dis noir sur blanc que cette jeune communiante, sur le point de recevoir Dieu, est envahie par des visions incontrôlables…

— … suscitées par la télé, c'pas ?

— En effet, je montre que notre inconscient est quadrillé, colonisé, que certains fantasmes sont produits industriellement pour nous mener par le bout du nez. Mon déménageur est le symbole de cet imaginaire endiablé qui fait basculer mon héroïne cul par-dessus tête, la secoue et la tourneboule. Son fantasme est détaillé pour la bonne et simple raison que l'extrême précision est le propre des fantasmes !

Elle s'enflammait, comme toujours lorsqu'elle parlait de son travail. Elle n'arrivait pas à se surveiller. Jamais dans ses livres ni dans sa vie elle ne s'était déplacée sur des patins, jamais elle n'avait réussi à pratiquer cet art de la retenue grâce auquel on obtient de l'avancement dans le monde littéraire.

— Si je mets le Mal en lumière, poursuivit-elle, c'est parce qu'il cherche à se dissimuler pour accroître son pouvoir. Je ne fais que perpétuer une tradition : les diables les mieux tournés, les plus vraisemblables, on les trouve sur les façades des cathédrales.

— Ils sont d'ailleurs plus plaisants à voir que ces pauvres têtes de saints qui se ressemblent tous, avec leur menton piteux, leur nez éteint et leurs yeux de chien qui pisse.

— Le Mal fascine parce qu'il est roi de l'apparence. Le Bien, lui, séduire n'est pas son fort, il a d'autres chats à peigner.

Victor pensa : Elle ne manque pas de culot de me sortir ça, avec un décolleté pareil.

— Pour en revenir à notre adverbe, dit-il, il n'y a pas de quoi en faire un éléphant. Votre roman est bon comme le bon pain ! Ce que j'apprécie le plus, c'est qu'il parle sans détour.

— Je suis trop paresseuse pour écrire autre chose que l'essentiel.

— J'ai constaté avec plaisir que vous aviez su remiser dans votre laboratoire toutes ces expérimentations formelles qui gâtaient un peu la lecture de vos œuvres précédentes.

— Oui, la psychologie des personnages c'est bien beau, mais le principal c'est la psychologie du lecteur. Les expériences littéraires se pratiquent toujours à ses frais. On ne s'ennuie jamais intelligemment.

— C'est ce que je dis aux auteurs qui m'envoient des manuscrits qui sentent l'alambic, avec des phrases de trois kilomètres, des collages de vieux restes ou autres frankensteinneries verbales. Tout ce qui est essentiel peut être exprimé simplement, c'est juste une question de travail. Pour toucher le lecteur, il faut d'abord l'introduire en douceur dans le sujet. Vous, vous y parvenez admirablement parce que vous êtes habitée par votre récit, pénétrée par vos personnages, vous vivez en eux comme ils vivent en vous... Même les plus odieux, vous leur trouvez cette once d'humanité qui, s'ils le voulaient, pourrait les sauver.

— La maladie de mon fils m'a appris une chose : ce n'est qu'avec de la compassion qu'on fait de la bonne littérature. Tout, même la colère, procède de la compassion. C'est l'engrais de toute beauté, de toute création... La seule manière d'alléger notre fardeau, c'est d'aider les autres à porter le leur. On ne peut trouver une solution à son désarroi qu'en se penchant sur celui des autres. L'aiguille de notre boussole intérieure ne se fixe que par l'amour, ou l'idéal, en indiquant un point extérieur à nous.

— Grande pensée ! fit-il, la fourchette levée.

— Les plus nobles d'entre les hommes parviennent à éprouver une sorte de pitié universelle, même pour ceux qu'ils n'ont jamais vus, même pour les animaux...

— Même pour les légumes ! glapit-il. Oui, toute vie est digne de pitié...

Il jeta un regard miséricordieux au garçon de restaurant qui s'affairait de table en table avec ses yeux cernés et sa tête d'outre-tombe, puis il ajouta :

— Il y a des gens, on se dit qu'on leur rendrait service en les supprimant. Sans les faire souffrir, bien sûr.

Le garçon crut qu'on l'attendait et se précipita. Voyant que les deux clients avaient terminé leur plat, il débarrassa couverts et assiettes. Victor le considérait avec un air de commisération meurtrière.

— Euh..., fit le garçon, gêné par ce regard qui le découpait charitablement en rondelles, monsieur a apprécié le... la...

— Oui, mon ami, oui, monsieur a apprécié la salade de gésiers, son assiette déserte en porte témoignage. Nul restaillon ne la hante, et celle de madame mêmement. J'ajoute que je me félicite d'avoir accompli un geste en faveur des éleveurs de volaille et permis d'abréger le calvaire existentiel de plusieurs volatiles tourmentés par le non-sens de leur destinée. Ma conscience satisfaite me semble à présent aussi douce que le ventre de madame, beau petit bedon blanc dont ces gésiers exquis ont tendu un peu la peau, qu'ils ont ainsi rendu plus lisse, plus appétissant. Où en sont les escargots ? Ils doivent nous attendre ?

— En effet, monsieur. Vous servirai-je un autre vin ?

— Bonne question ! Réponse : oui. Où est la carte ?... Merci... (Il s'adressa à Léa.) Je me permets de choisir le vin moi-même : je crois être plus versé que vous dans la science des coteaux. Voyons... Un bourgogne, bien sûr, mais les bourgognes c'est délicat à manier. On croit les connaître et puis... c'est le drame.

Il hésita un long moment, glosant sur chaque bourgogne, étudiant les millésimes, demandant des précisions au garçon, procédant par élimination comme quand il devait établir un programme éditorial. Celui-ci était un peu terne pour la fenouillade, cet autre était trop puissant, il risquait d'éteindre les escargots...

Pastoureau a bon bec, vieux pâtre a bonne oreille. Victor sollicita donc l'expertise du garçon à la triste figure qui arborait d'ailleurs au revers de son veston le ruban jaune de la Confrérie des Fines Gueules de Puligny-Montrachet.

— Puisque vous m'honorez de votre confiance, monsieur, répondit le garçon, je m'autorise à attirer votre attention sur le fait que le plat est plutôt substantiel et disposé sur un catafalque de cervelle en sauce verte. Je me permettrai donc de vous recommander un bourgogne nerveux, vivace – pour entraîner en fanfare les escargots vers leur ultime destination – et point excessivement pesant, faute de quoi ces désirables mollusques risquent de s'embourber à mi-chemin de leur dernière demeure.

— C'est tout à fait ce que je pensais, il faut un bourgogne un peu leste !

— Je n'osais employer le mot, monsieur, mais je dois avouer qu'il s'impose avec une implacable logique même aux esprits les plus chastes.

— Un bourgogne un peu leste, voyons… Ah ! un chaumartin-culeton ! C'pas ?

— Moelleux mais ardent, récita le garçon, crépusculaire mais jovial, vigoureux, velouté et velu, le chaumartin-culeton fait partie de ces vins de bon aloi dont Bossuet a dit qu'ils étaient comme un passeport pour l'instant. Jouissant d'une religiosité sautillante, il possède un modelé agreste, un teint altier mais folâtre, une joyeuseté de bouche toute gauloise, tandis que son arôme n'est pas sans évoquer comme une crépitante flambée automnale de feuilles mortes parmi lesquelles quelque main rustique aurait jeté avec nostalgie une poignée de framboises et une paire de vieux godillots.

— Epatant ! s'écria Victor, nous avons trouvé, nous avons trouvé !

— Ma contribution est négligeable, dit le garçon. Me serais-je tenu coi, vous eussiez infailliblement abouti vous-même à cette conclusion marquée au sceau du bon sens.

— Et le millésime alors ? Mille neuf cent quoi ?

— Soixante-trois, monsieur, si je puis me permettre cette affirmation péremptoire. *A saison riche en escargots, bon vin emplira les tonneaux.* Or, 1963 fut pour les escargots une année exceptionnelle, féconde en orages tonitruants, lesquels sont aux escargots ce que sont les bonbons aux enfants, les bijoux aux jolies femmes et les cercueils aux vampires. A telle enseigne qu'en Bourgogne les indigènes appellent le tonnerre "le tambour des escargots". Certaines colères du ciel peuvent rendre fous des peuples entiers de mollusques, ils sont alors animés d'un incroyable zèle reproductif, on dirait des… des…

— Des lapins ? fit Léa.

— Oui, madame, oui, des lapins ! Avec une impétuosité sans cesse ranimée, ils renouvellent leurs assauts jusqu'à épuisement de leur conjoint. Et on ne peut rien faire, rien ! Il y en a trop ! Ils sont aussi nombreux que des… des…

— Des ronds-points surfacturés dans le Midi ?

— Oui, madame, oui ! Ils surgissent de tous côtés, on a vu des vieillards dévorés, des chiens bouleversés, des paillassons irrémédiablement souillés… *Escargots maîtres des bois, tu n'as plus qu'à rentrer chez toi.* C'est un dicton bourguignon.

— Vous êtes bourguignon ? demanda Léa.

— Mes racines maternelles sont bourguignonnes, madame, mais l'auteur de mes jours est d'origine basque. Mon arrière-grand-oncle…

— Bravo, s'écria Victor, nous trinquerons à la santé de ce croisement ingénieux !

— Je vais vaquer à ma tâche, monsieur, et quérir le chaumartin-culeton.

— C'est cela, vaquez, vaquez, et revenez-nous vite !

Lorsque l'accident biologique se fut éloigné, Victor ajouta, rêveur :

— Basque et bourguignon… C'est extraordinaire les mélanges qui se font. On voit de ces choses, de nos jours…

Il songea à cette furie qu'avaient les gens de disserter sans fin sur leurs origines, d'expliquer en détail d'où ils venaient, comme pour exorciser le fait qu'ils vont tous au même endroit.

Le garçon ne tarda pas à apporter le chaumartin-culeton millésime 1963. La cérémonie de la dégustation se renouvela à l'identique, avec le suspense, la moiteur, la tension nerveuse et les regards intenses d'un western-spaghetti, mais qui serait cette fois projeté en accéléré.

Puis les escargots parurent.

Lorsqu'on est amateur de beaux mollusques, c'est un ravissement que de voir des escargots auréolés de fenouillade sur leur lit de petits légumes du jardin. Surtout quand ce sont des escargots de haute graisse et qu'il y en a beaucoup. En l'occurrence, il y en avait trop, mais un plat d'escargots où il n'y a pas plus d'escargots qu'il ne faut, c'est un plat d'escargots où il manque des escargots.

L'uniformité – ou la fausse singularité – se propage au pas cadencé, la platitude s'étend, la laideur s'active. La vulgarité a sandwiché le monde et le dévore à laides dents avec force ketchup, mayonnaise synthétique et moutarde en sachet. On l'imagine assise sur l'une de ces "chaises" de "jardin" (il faudrait mettre des guillemets à presque tous les mots, tant chaque chose tourne à sa propre caricature), l'un de ces machins à s'asseoir en plastique blanc hôpital distribués universellement et qui pourraient lui servir d'emblème : ils sont empilables à l'infini et faits pour s'adapter à la vertigineuse diversité des anatomies fessières. C'est tout à l'honneur de la restauration française de ne pas se décourager, de persévérer dans le bon et le beau alors qu'il serait plus rentable de fabriquer du mauvais et du laid pour les millions de cancres du gosier prêts à manger les rognons de Lucifer s'ils sont joliment emballés.

Pendant que le garçon se démenait comme un sonneur de cloches pour disposer tout ce qu'il fallait là où il fallait, Victor remarqua avec satisfaction la brillance de la fourchette bidente et vérifia en amateur éclairé le bon fonctionnement de la pince à escargots. Il y avait même un brise-coquille à manche d'ivoire pour les interventions difficiles.

— Regardez, s'émerveillait Léa, ils sont disposés par taille ! Les gros, les moyens, les petits, les tout petits…

— 'bsolument, il y a toute la famille, depuis l'arrière-grand-père jusqu'au dernier-né.

— Celui-là, comme il est gros… Ça doit être l'oncle d'Amérique.

— Eh bien, dit Victor à l'adresse du garçon, au cas où nous n'aurions plus besoin de vous, merci et à bientôt. N'hésitez pas à ne pas vous déranger, nous avons tout ce qu'il nous faut.

— Je me tiens à votre disposition. Je vous souhaite une bonne escargolade.

Ils restèrent en contemplation un long moment devant le plat. L'auteur de ces lignes s'en épargnera la description, le papier n'est pas donné et, telle une meute de chiennes affamées, des choses plus urgentes à dire aboient dans sa tête. Et puis… la beauté est la trace d'un monde qui se trouve au-delà des mots. Le langage est bien trop pesant pour elle. Enclin à piétiner ce dont il parle, il est en maintes occasions aussi malvenu qu'un cochon truffier dans un jardin japonais. Il faut se faire poète – papillon – pour se poser sur certaines choses sans les abîmer. Hélas, en poésie la mode est au cirage, le temple des Muses sent le renfermé et la plupart des papillons qu'on y entend voleter sont du genre nocturne, prisant peu la clarté solaire qui pourrait révéler le gris de leurs ailes. C'est dire que nul ne saurait être accueilli sur le dépotoir du

Parnasse, ou même au fond d'un vulgaire sac à pages poético-dépressif, sans apporter sa petite pierre à la lapidation du sens. En espérant des jours meilleurs, gardons notre lyre dans la buanderie, entre la cocotte-minute fêlée et la caisse du chat, laissons notre plat d'escargots briller de tout l'éclat de son indicibilité, et remercions pour leur indulgence les nécessiteux de l'imaginative.

Victor résista à la tentation de dire : "C'est comme en amour, le meilleur c'est avant", et se contenta de déclarer :

— Quand on voit cela (il désigna les escargots d'une main majestueuse comme Marc Antoine offrant quarante éléphants à Cléopâtre), on ne peut que se féliciter d'appartenir à une espèce triomphante... Nous mangeons des escargots, nous allons sur la Lune, nous avons bâti les Pyramides...

La présentation était si belle qu'ils eurent l'impression de commettre un doux petit massacre en attaquant le plat. Ils s'extasièrent sur la disposition des légumes, sur la qualité des bêtes, sur la couleur de la farce, sur la haute spiritualité de la fenouillade, sur le génie d'avoir marié escargots et cervelle en sauce verte. Ils eurent une pensée émue pour les obscurs, les sans-grade se battant pied à pied dans la fournaise des cuisines, au milieu de la fumée et des jets d'huile bouillante, pour conserver à la France ses acquis gastronomiques séculaires et planter chaque jour plus profond l'étendard de la bonne chère dans le boyau culier des hamburgerisés de toute farine.

Victor jouait les spécialistes, prodiguant des conseils à Léa pour lui épargner les embûches dont est semé tout plat d'escargots qui se respecte.

— Non, la pince dans la main gauche, c'est ça. Enfoncez bien la fourchette et tournez avec le poignet... Voilà... Ça gicle mais c'est la preuve qu'ils sont bons... Bien à l'intérieur, la fourchette, raclez, raclez... Maintenant avec la bouche, n'hésitez pas à sucer pour faire sortir tout le jus... Oui, c'est ça, avec le bout de la langue, parfait... Le secret c'est qu'il faut lécher, les escargots n'échappent pas à cette loi naturelle... Voyez, vous apprenez vite. Vous n'aviez jamais mangé d'escargots ?

— Juste deux ou trois fois... mais la farce était différente.

C'était un mensonge, elle savait très bien manger les escargots, mais elle savait aussi que les hommes adorent étaler leur riche expérience et leurs vastes connaissances, ils se délectent à expliquer aux belles femmes toutes sortes de choses, en particulier celles qui sont remplies de la plus grande quantité d'importance nulle.

Il y eut un copieux et savoureux silence ponctué de cliquetis, de craquements et de succions.

Au bout de quelques escargots, Léa dit avec le ton de la conviction la plus sincère :

— Ce chaumartin-culeton...

Et elle ferma les yeux en signe de plaisir.

— Il s'acoquine bien avec les escargots, c'pas ?

On aurait dit qu'il attendait une récompense pour chacun de ses faits et gestes, comme les enfants gâtés qui exigent une sucette parce qu'ils n'ont rien cassé.

— Oui, bravo, insista donc Léa, vous avez du goût.

— En toute franchise, Léa, ce que je goûte le plus, ici, c'est vous. Vous êtes encore plus appétissante que ces escargots.

— Merchi, fit-elle la bouche pleine, j'espère que je ne finirai pas comme eux.

Victor eut un sourire qui voulait plaire et répondit :

— Ne vous inquiétez pas, je…

— S'iiil vouplè…

Une nouvelle fois, l'évadé du cimetière lui cassait le travail en surgissant au débotté pour remplir les verres. En plus, ce topinambour, il ne les remplissait même pas, il ne lui versait que deux doigts de vin, et moins encore à Léa ! Il a peur que je la soûle ou quoi ? se dit Victor. Toujours pareil avec les garçons de restaurant : soit ils ne sont jamais là, soit ils ne vous laissent pas respirer. Qu'est-ce qu'on leur apprend ?

— Vos escargots sont un délice, dit Léa au moment où le fâcheux allait se retirer.

Et l'autre de s'incliner (son menton faillit même toucher le crâne de Victor !) et de fourrer son grain de sel :

— Cet adjectif possessif pluriel est à la fois flatteur et abusif, madame, mais je vous remercie au nom du maître queux, il boira du petit-lait lorsque je lui ferai part de votre…

— En effet, coupa Victor, ils sont fameux, et je pèse mes mots.

— Vous voyez, monsieur, vous aviez tort de vous inquiéter. Il faut avoir confiance en Dieu.

— J'espère que ce n'est pas Dieu qui les a préparés, ces escargots !

— Non, monsieur, mais il les a créés, c'est plus difficile.

— Eh bien vous le féliciterez de ma part et vous lui direz que dans mon ventre ils reposeront en paix.

L'importun s'éloigna avec dignité.

Après un silence dont plusieurs gastéropodes firent les frais, Victor déclara avec un regard intense :

— Léa, j'espère du fond du cœur que ces escargots seront un trait d'union entre nous…

Elle répondit sur un ton professionnel :

— Le soutien de votre Maison me réjouit beaucoup. Les auteurs ont si souvent du mal à trouver un éditeur attentif qui sache les encourager à être eux-mêmes… et qui ne cherche pas à abuser de son pouvoir… Parce qu'il y en a, vous savez… Toujours à calculer, à machiner… Je ne comprends pas comment leur esprit est fait, ça doit être les travaux forcés de penser sans répit à son ventre, à son zizi ou à son portefeuille… On ne doit plus arriver à savourer l'instant… On court après un os et… on se gâche les escargots.

— Vous parlez d'or, l'essentiel est en effet de savoir apprécier ce qu'on a sous les yeux. Des escargots, une belle femme…

Il se gratouilla le lobe de l'oreille et reprit :

— Toutefois, apprécier seulement avec les yeux c'est imposer une limite arbitraire à l'expérience humaine. Les champs du possible ne débordent-ils pas une simple table de restaurant, si opulente soit-elle ?… On mange des escargots en tête à tête, ingénument, jusqu'au moment où l'on ne peut s'empêcher de se dire : Pourquoi ne pas aller plus loin ? Ces mollusques ombrageux mais fiers que l'Editeur de toutes choses a semés sur notre route et que nous avons accueillis avec humilité, pourquoi ne pas les digérer ensemble ? Lorsqu'on partage un bon plat, tout devient possible… On commence par savourer de simples escargots, puis on se laisse emporter sur leurs ailes vers une émotion plus intense, un plaisir plus riche, plus complexe…

— Je crois qu'il n'existe pas de vrai plaisir sans intention pure.

— Mais Léa, l'attirance d'une personne pour une autre n'a rien d'impur, même en mangeant des escargots. Moi, en ce qui me concerne, c'pas, je ne vous veux que du bien, qu'y a-t-il d'impur là-dedans ?

— Rien, naturellement, dans la mesure où vouloir du bien à quelqu'un c'est avant tout le respecter, et je suis très sensible au respect que vous me portez.

La bête se défend, pensa-t-il. L'animal est coriace, se dit-elle.

— Le respect, le respect…, fit-il. Si on se bornait à se respecter, la vie serait bien triste. On ne peut, par exemple, aimer les escargots et en même temps les respecter. A un certain moment, on doit dépasser le stade du respect pour déboucher sur une relation plus profonde…

— Vous avez tout à fait raison, Victor, l'amitié exige parfois un certain irrespect, on ne fait jamais de bien à quelqu'un en le ménageant trop, c'est pourquoi je me réjouis de votre franchise à mon égard. Je suis heureuse d'avoir trouvé en vous davantage qu'un éditeur : un ami.

— Il ne tient qu'à vous que je devienne plus qu'un ami, Léa.

— Un ami c'est déjà beaucoup par les temps qui courent.

— Pourquoi se limiter à l'amitié, fit-il en brisant d'un coup de maillet la coquille d'un escargot récalcitrant, alors que rien n'est interdit à un homme et une femme qui ont assez vécu pour connaître la valeur du plaisir ?… Le plaisir, Léa, cette petite éternité de poche, ce dieu animal qui fait reculer les mains glacées de l'angoisse…

— Victor, nous avons un combat à livrer, nous ne devons pas gaspiller nos forces. Par la suite il peut se passer beaucoup de choses, mais en certaines circonstances il faut avoir la sagesse de tenir la bride à ses impulsions.

Fouillant vigoureusement une coquille avec sa fourchette bidente, il répliqua :

— Ecoutez, Léa, je vous l'ai dit : je ne veux que votre bien – et quand on veut vraiment du bien à quelqu'un, ou à quelqu'une, on a envie de progresser dans son intimité afin de lui donner plus...

Léa but une gorgée et s'essuya la bouche. Elle éprouvait une immense lassitude. Impression que la vie en société, ce filet de plus en plus étranglant de menues contraintes, ne peut même plus ménager de surprise, que tout est joué d'avance. Les gens sont isolés dans leur tête, réceptifs à rien sinon à l'imagerie médiatique. Pour un simple particulier, modifier d'un iota le comportement de son prochain, ou seulement le faire changer d'avis, tient de l'exploit. Quelle pétaudière mentale ! On préfère se tromper avec ses propres idées plutôt que d'avoir raison avec celles du voisin. On n'agit plus pour servir d'exemple mais pour dépasser les autres. On ne parle plus pour construire quelque chose en commun mais pour gagner trois miettes de pouvoir ou de prestige. Surtout les hommes. Tous ces mecs qui se servent de leur langue pour s'étaler, se hausser du col, devenir maître de la conversation !

Elle soupira, ferma les yeux et dit :

— Pour vous faire une confidence, en ce moment je... (Elle rouvrit les yeux et le regarda bien en face.) Vous devez savoir ce que c'est pour un auteur d'achever un manuscrit : jus de navet dans les veines, envie de rien, peur de tout... Il faut un certain temps pour reprendre du poil de la bête. En plus, avec la maladie de mon fils, je... je ne suis pas très en train... Je suis sûre que vous pouvez comprendre cela.

— Je le comprends très bien, Léa, c'est pourquoi j'estime qu'il vous faut quelque chose pour vous remonter. Pas question pour moi de vous abandonner au dragon noir de la solitude. Si vous vous renfermez dans votre coquille, comment voulez-vous que je vous remette à flot ? Que puis-je faire, moi, avec un auteur qui refuse de se donner, de se laisser aider ? Je cours au casse-pipe ! Nous y courons ensemble !

Il fit une pause, savourant la solidité de ses arguments, puis il reprit sur un ton de paternelle sévérité :

— Seul un comportement positif de votre part nous permettra de décrocher la timbale. Vous devez vous ouvrir sans réserve à ce que je peux vous apporter. En tant qu'éditeur, mais aussi, c'pas, en tant qu'homme, car il m'est impossible de gommer ma composante sexuelle, ce serait pure hypocrisie. Je suis un homme, vous êtes une femme, ce sont des petits détails, certes, mais il ne faut pas les oublier. Ne mettez pas un mur de glace entre nous, Léa, sinon nous nous briserons dessus. Manifester une attitude de fermeture au seuil d'une nouvelle publication vous serait préjudiciable, vous le savez. La femme est une mécanique fragile, il faut l'entretenir avec soin et régularité, ne pas laisser s'éteindre cette précieuse lumière qui éclaire sa plus tendre intimité. Je vous devine aux portes d'un désert immense, je ne vous laisserai pas vous y noyer.

— Vous avez raison, j'ai besoin d'une stimulation. Je suis convaincue que la parution de mon roman me fouettera le sang. Mais maintenant il ne faut pas m'en demander trop.

Elle porta à sa bouche un escargot particulièrement gras et sentit fondre entre ses molaires sa chair chaude et onctueuse.

— Je ne vous en demande pas trop, dit Victor, j'en demande juste un peu plus que vous regarder manger des escargots. J'ai de lourdes responsabilités. Nombre de familles comptent sur moi pour leur pain quotidien. Cela m'oblige à prendre des précautions, je ne peux m'engager à la légère avec des auteurs qui gardent leurs distances. Que penseraient nos actionnaires, dont certains sont des gens modestes ayant des enfants qu'ils ont conçus à la sueur de leur front, des voitures à entretenir, des femmes à faire réparer, des animaux à élever, que penseraient-ils s'ils savaient que leur argent acquis au prix de tant d'efforts, je l'ai dissipé pour un auteur qui se refuse à son éditeur ?

— Si vous le permettez, ne confondons pas le plan professionnel et le domaine passionnel.

— Non, non et non, Léa, je m'interdis de cloisonner les choses ! Il n'y a pas vous d'un côté et votre œuvre de l'autre ! Ce que vous avez écrit est une part très importante de votre personne, vous l'avez souligné vous-même ; vous me l'offrez et je l'accepte, mais pourquoi aurais-je votre roman et n'aurais-je point vos pieds, votre nombril, vos oreilles ?

— Je suis très sensible à votre attirance pour mes oreilles et le reste mais j'ai besoin de retrouver une certaine harmonie avec moi-même pour m'engager dans une relation avec un homme.

— Cela peut être très bref, je ne vous demande pas de changer vos habitudes.

“Très bref”, pensa-t-elle, et pourquoi pas sur un coin de table ? Je suis sûre qu’il rêve de m’enfiler à la hussarde, ce chameau, entre la poire et le fromage. Mais qui sait s’il en serait capable ?

— Je ne me sens pas assez sûre de moi, Victor. J’émerge d’une très violente période d’écriture, je suis restée des mois en plongée et je débarque à peine de mon sous-marin, je dois me réhabituer à la terre ferme. De toute façon, nous avons du pain sur la planche, nous nous reverrons souvent, alors patientez un peu…

— Vous êtes avare de vous-même, Léa, vous voulez que je prenne votre roman de la première à la dernière page, mais vous, vous refusez de vous livrer tout entière, vous me laissez descendre seul dans l’arène, face à la cruauté des ennemis de la littérature. Que demandé-je d’autre qu’un peu de votre tendresse pour faire front aux gribouilleurs à gages qui risquent de massacrer votre roman à coups d’indifférence, d’en faire la cible de leur incuriosité destructrice, de le noyer sous des déferlantes de silence !…

Elle s’essuya posément la figure avec sa serviette : en enfonçant sa fourchette dans une coquille, des gouttelettes de farce lui avaient giclé au visage. Puis elle dit :

— Merci mille fois de ce que vous allez faire pour moi, ma gratitude à votre égard est d’ores et déjà infinie, mais il ne m’est pas possible de vous témoigner ma reconnaissance autrement que par des mots. Je sais que les mots ne valent pas grand-chose, surtout dans le monde littéraire, mais je n’ai que cela à vous offrir – pour l’instant.

— Léa, vous avez un corps épanoui, vous pourriez être une merveilleuse machine à aimer si votre esprit tourmenté ne s'y opposait pas. Laissez-vous prendre et vous vous surprendrez ! Votre réserve initiale ne fera qu'ajouter du piment à la chose, et même si au début vous ne voulez pas trop, eh bien à la fin vous aimerez ne pas trop vouloir : les voies du plaisir féminin sont contournées, innombrables et mystérieuses, telles les sinuosités de ces étranges coquilles... Qui sait, ce que vous croyez vouloir le moins est peut-être ce que vous désirez le plus... Ah, je vous devine si passionnée, si ardente à l'amour, si redondante au plaisir...

Une perle de sueur glissa sur la poitrine de Léa, courut le long du crucifix et se perdit entre ses seins. Victor imagina le plaisir que ce devait être de sentir un torrent de boucles caresser ses épaules nues. Lui n'avait ni torrent de boucles ni épaules nues. Féminité, ô paradis perdu...

Comment aimerait-il me prendre ? se demandait Léa. Il n'arrête pas de loucher sur ma poitrine, il a parlé de mon nombril et de mes pieds. Il me prendrait en cygne, avec mes jambes sur ses épaules, je suis sûre que c'est ça qui lui plairait, il me baiserait les pattes en l'air, quel cochon !

— Vous vous dépensez pour bien peu, fit-elle. Je vous décevrais. Quand une femme n'est pas prête, vous savez...

— Pas prête ! Toute femme est prête si on sait la préparer. Vous avez quelqu'un au four, c'est ça ?

— Mais non...

— Alors ? Vous ne faites quand même pas partie de ces dindes qui idolâtrent Schwarzenegger (surtout quand il est déguisé en robot ou en monstre) et qui, en attendant la féerique rencontre, se sont mis un bouchon où je pense ?

Elle grimaça un sourire et répondit :

— Je dois retrouver un certain équilibre. Après tout, rien ne presse, nous avons le temps.

Il grogna :

— Le temps, le temps… S'il faut baiser le cul du chien, tant vaut aujourd'hui que demain. Votre contrat, lui, il est pressé. Il est là, il attend. Mettons-nous d'accord, signons-le et nous reparlerons de vos problèmes d'équilibre demain matin, au petit déjeuner… Vous verrez que vous irez mieux.

Elle avait cessé de mâcher et le regardait fixement, les narines frémissantes.

Victor sortit alors d'un seul jet :

— Je ne peux pas travailler avec quelqu'un si j'ai le sentiment d'être rejeté, voilà.

Il s'était arrêté de manger et triturait un coin de la nappe avec une mine d'enfant boudeur, les yeux baissés.

Léa se taisait. Il pensa : Elle me fait le coup de l'indignation muette. Il prit un air digne et sûr de lui. Manifester une once de faiblesse en pleine offensive c'était perdre la bataille.

— Et voilà, dit-il, j'ai le courage de mettre cartes sur table et on me fait les gros yeux. On a tellement l'habitude de ne voir que des eunuques ou des pédophiles dans notre milieu, que lorsqu'on rencontre un homme brut de décoffrage, qui n'a pas son sexe dans sa poche, on s'émeut, on s'alarme, on crie au monstre ! Eh bien oui, je l'avoue, je vous désire. *Mea culpa.*

Elle répondit d'un ton aigre-doux :

— Je ne vous reproche pas de me désirer. Seulement, les moyens que vous mettez en œuvre pour parvenir à vos fins me semblent un tantinet odieux.

— Ils sont logiques. Je veux quelque chose et je fais le nécessaire pour l'obtenir, en excluant cependant les moyens illicites... Considérons la question d'un autre point de vue, voulez-vous ? Disons qu'avant de m'engager pour vous, je dois mesurer votre engagement pour moi.

— Et votre instrument de mesure c'est votre bistouquette ? C'est comme ça que vous testiculez vos pouliches ?

— Enfin, Léa, je ne vous force pas à une partie de jambes en l'air, je ne suis pas un cosaque, je vous convie à une expérience érotique sérieuse avec un homme de qualité.

— Il me fait miroiter un contrat pour m'attirer au plumard et il se dit homme de qualité ! Vous avez beau avoir des cravates en soie et manger les escargots avec élégance, vous avez une mentalité d'épicier. Moi, malheureusement, je suis un peu spéciale : je suis hors commerce. Quand je me donne c'est gratuitement. Si vous voulez conserver une chance d'emporter le morceau, je vous recommande de changer de stratégie. Je consentirai à vous pardonner et à mettre votre tentative de chantage sur le compte d'un égarement passager dû à un appétit charnel immodéré, mais le donnant-donnant ne peut que nuire à votre cause ; je ne mange pas de ce pain-là.

— Toujours pareil ! Dès qu'on parle français, elles font la fine bouche !

— Vous parlez français, vous ? Première nouvelle ! Ça fait une heure que vous tournez autour du pot !

— Et vous, ça fait une heure que vous me roulez dans la farine en jouant celle qui ne comprend pas !

— Si vous voulez parler français, mettez les queues sous les *q* : vous publiez mon roman à condition que je passe à la casserole, c'est ça ?

Il ne répondit pas, il avait un escargot dans la bouche. Il avala la bête, but une gorgée de vin et s'essuya les babines à petites touches distinguées.

La table ressemblait à un champ de bataille où deux armées d'escargots se seraient affrontées avec furie.

— Vous êtes dure, dit-il enfin, mais je ne vous en veux pas. Tout est de ma faute. J'ai eu la maladresse de schématiser le débat, de présenter l'enjeu sous un jour trop cru, comme s'il s'agissait d'un vulgaire marché, au lieu de creuser la problématique de notre relation. Lorsqu'on mange des escargots, on perd le sens des nuances. En fait, la réalité est plus complexe que mes paroles ont pu le laisser croire... Léa, soyons clairs : vous êtes ce que vous êtes. Vos romans aussi. Ils n'ont pas plu à tout le monde, vous avez abordé certains sujets délicatissimes qui ont fait frissonner certaines personnalités chatouilleuses, vous avez mis en cause le milieu littéraire lui-même, notre père nourricier, sans y aller avec le dos de la cuillère. Vous avez parlé de marécage infesté de caïmans, de trafic d'influence, de corruption feutrée, de féodalisme... Ce ne sont pas des choses à dire, il faut respecter le... la...

— La loi du silence ? L'*omertà*, en bon sicilien.

— Léa, il faut être prudent avec les mots. Je veux dire que, dans l'intérêt de tous, la discrétion s'impose au sujet de certaines pratiques. Quand on commence à parler, on finit par en dire trop.

— Mais quand on commence à se taire, on finit par mentir. La discrétion à haute dose, ça devient du bâillonnement. Prenons la démocratie au mot.

Nous sommes libres ? D'accord, alors délions notre plume ! Dévoilons, démasquons !... Il n'appartient qu'au crime de rester caché – *dixit* Voltaire.

— Ah, Voltaire ! Voltaire ! Quel génie, quel courage !

Les prunelles de Léa étincelèrent comme si elle allait griffer.

— Qui se sent morveux, feula-t-elle, court astiquer le buste d'un grand homme !

Règle générale numéro un, se tança-t-il à part soi : ne jamais faire l'éloge d'un écrivain, même mort, devant un autre écrivain.

— Voltaire ! reprit-elle. Mieux vaudrait suivre son exemple que de s'agenouiller au pied de sa statue en clamant notre admiration !

— 'bsolument, mais la littérature a fait beaucoup de progrès depuis Voltaire, aujourd'hui on peut écrire de très bons livres sans déranger personne. Enfin, toujours est-il que vous n'avez pas hésité à cracher dans la soupe...

— Moi, craché dans la soupe ? Pas du tout, j'ai vomi dedans.

— ... et à mordre la main qui vous lisait...

— Qui aime bien châtie bien.

— ... C'est pourquoi vous soutenir représente un gros risque. Je suis prêt à le prendre parce que vous ne m'êtes pas indifférente, mais si vous me faites faux bond, alors que j'ai lutté bec et ongles pour faire avaler chez nous votre roman et les cent vingt mille francs d'à-valoir que vous avez exigés, alors que je suis fragilisé par cet engagement en faveur d'une écrivain à problèmes qui n'est d'aucune commission, d'aucun jury, d'aucun journal...

— Je n'appartiens à rien, honte sur moi !

— ... qui ne participe à aucun débat...

— Des palabres amicalistes qu'on encourage d'autant plus qu'on les sait stériles.

— … qui n'est même pas prof de fac, comme tout le monde…

— L'Université, un écrivain y entre plus aisément quand il est fini.

— … et qui, par-dessus le marché, est réputée pour mettre les pieds dans le plat (même si ce sont de jolis pieds et que le plat est franchement dégueulasse), si donc vous me repoussez, je ne peux forcer ma main à vous tendre ce contrat. Je le signerais à contrecœur et ce ne serait bon ni pour vous ni pour moi. Si vous me tournez le dos, j'en serai très peiné mais je ne vous retiendrai pas, je vous laisserai libre de vous adresser à un autre éditeur.

Libre d'aller me faire cuire un œuf, pensa Léa.

L'œil empli d'une fraternelle sollicitude, ponctuant ses phrases en agitant la pince à escargots, Victor augmenta le gaz :

— Si nous ne faisons pas bloc, nous sommes cuits. Nous devons nous unir corps et âmes, dans l'intérêt de votre roman – de *notre* roman, oserais-je dire, car on fait sien tout ce qu'on aime… Léa, j'ai besoin d'être encouragé. Je vais devoir me mettre à toutes les sauces pour vous : décrocher un budget publicitaire, motiver l'attachée de presse, pousser les représentants à se dépasser, responsabiliser les journalistes, je vais être obligé d'aller jouer au golf avec des mous du bulbe parfumés pour vous faire passer à la télé alors que j'ai une allergie au gazon… L'angoisse de l'écrivain devant la page blanche, ça c'est beau, ça c'est grand, mais l'angoisse du pauvre bougre d'éditeur qui se retrouve perdu au milieu d'un dix-huit trous sous le regard glacé de l'épouse du directeur de programmation de *Télé Oui Oui*, ça, ça ne compte pas, hein, c'est négligeable... Pour un civilisé, la pire chose après le dentiste et les impôts, c'est le ridicule. Devant son encrier, pas de ridicule à craindre, risquer le ridicule du matin au soir c'est bon pour la piétaille... Au fond, les auteurs sont les mieux lotis : empantouflés chez eux, n'en faisant qu'à leur tête, loin de la guérilla relationnelle...

Il but un grand coup de vin et continua :

— Bref, je vais devoir me mettre en quatre tout en évitant les peaux de banane de mes augustes collègues de la Maison, jaloux de ma gloire naissante. Surtout j'ai intérêt à vérifier le parachute de mon siège éjectable, parce que vendre ça coûte cher, figurez-vous, et si je fais donner l'artillerie lourde pour votre roman et qu'il fait chou blanc, j'ai douze fusées qui me pètent au cul. L'ennemi est à l'affût, attendant le moindre faux pas pour me tomber sur le casaquin et m'expédier au pilon... Vous ne savez pas ce que c'est, la calomnie. Ma tortue grignote par erreur le coin d'un manuscrit sans intérêt, aussitôt la rumeur m'accuse de jeter en pâture à mes reptiles les œuvres qu'on me confie... Alors moi je monte en première ligne avec votre roman, j'offre ma poitrine à la mitraille, et vous, que faites-vous ? Vous me traitez comme un instrument sans âme, vous me jetez des regards noirs parce que j'éprouve des sentiments tendres, vous m'en voulez parce que j'ai envie de vous faire plaisir !

— Mais non... Voyons, Victor...

— Comme si je ne rêvais qu'orgies et priapées, alors que je ne demande qu'un brin de compréhension, un zeste de douceur...

Avec mélancolie, il planta sa fourchette dans un escargot.

— Moi j'en ai assez, reprit-il en engloutissant le mollusque, j'en ai assez de tout. Soupé, de cette planète. Vivre sur les dents pour se voir payé en grimaces... Etre perpétuellement soupçonné des plus sombres desseins, alors qu'on se sacrifie pour la littérature... L'avidité compulsive des commerciaux, la vanité pharaonique de la direction, la langue de contreplaqué des professionnels de la culture, et pour combler la mesure, comme la cerise sur le gâteau, l'ingratitude des auteurs... J'ai envie de me trouver une petite cabane dans les bois, au bord d'un torrent, et de vivre de la pêche, loin de la rapacité des hommes et de la froideur coloriée des femmes, seul au sein de la mère nature... L'humanité me dégoûte. Toutes ces guerres, ces millions d'enfants qui meurent de faim...

Il mastiquait lugubrement, on aurait dit qu'il ne mangeait les escargots que pour leur faire plaisir.

— Allons, Victor, ne vous laissez pas abattre ! Le désespoir est aussi illusoire que l'espoir. Moi aussi j'ai des moments de découragement, des envies de ne plus sortir de chez moi... Et puis je me prends par la main, je me dis que si la nature humaine était si minable, on ne ferait pas ce foin de tous les diables pour nous rendre bêtes, égoïstes et méchants.

Les yeux de Léa fixaient un horizon invisible au-delà des murs, des innombrables murs. Elle ajouta, comme se parlant à elle-même :

— Il y a des ondes d'amour qui parcourent et soutiennent le monde... Il faut savoir les capter, se mettre au diapason de l'invisible... Trouver ce courant souterrain de grâce et se laisser entraîner par lui...

Elle le dévisagea comme si elle le voyait pour la première fois et poursuivit :

— Ceux qui n'y parviennent pas sont les vrais exclus, malgré leur argent, leur célébrité et leurs plaisirs. Ils sont exclus du divin, ils croient vivre mais ne font que ronger l'écorce de la vie. Enfermés dehors, interdits d'absolu… Peut-être, en effet, vous serait-il profitable de renoncer aux vanités terrestres. Combien y en a-t-il qui, à vingt ans, veulent manger le monde, et qui finissent dévorés par leur carrière ? Quand on prend du galon, on n'en a jamais assez. D'ailleurs je suis sûre que votre intime ambition n'est pas de grimper au mât de cocagne mais d'éclairer les autres. Vous êtes un idéaliste rentré, Victor. Comme toutes les âmes nobles, vous trouvez plus voluptueux de donner que de prendre. Vous êtes de ceux qui préfèrent contempler la fleur sauvage plutôt que de la cueillir pour la mettre à leur boutonnière. Je sais bien, vous croyez qu'au poste que vous occupez il vous est impossible de libérer votre générosité cachée, mais vous vous trompez, même un éditeur peut faire du bien. Restez ferme au gouvernail, Victor, battez-vous pour des livres qui ne sont pas écrits pour le milieu littéraire mais pour les hommes, qui n'étalent pas leur charme mais donnent leur cœur, qui ne conversent pas avec eux-mêmes mais parlent au lecteur en ami… Quant à ma personne physique, je vous conjure de n'en point faire un fromage. Mon enveloppe charnelle risque de perturber votre travail, votre mission. Ce corps qui est là devant vous, à portée de fourchette, ne vous enrichirait pas. Je devine que vous êtes un grand imaginatif : l'objet de votre désir est plus votre propre fantasme que la périssable somme d'os et de chair qui me compose. Dès la première caresse, vous vous mettriez à songer à une autre femme, *une fantôme* plus excitante que moi. Votre main à peine sur ma peau, vous me quitteriez en esprit. Restez bien au chaud dans votre imagination (j'ai failli dire *votre aimagination*), elle ne vous décevra jamais. La supériorité du réel sur l'imaginaire est imaginaire. L'univers n'est qu'un succédané de nos mondes intérieurs. Pour se perpétuer, la vie nous fait croire que le gâteau est dehors, elle a besoin que nous nous répandions, mais la vraie vie est dedans.

Tout en s'escrimant des mâchoires, Victor la considérait avec des yeux ronds, faisant le gros dos à ce prêchi-prêcha, attendant que son interlocutrice s'enferre d'elle-même, ce qui arrive tôt ou tard avec les longs sermons improvisés. Parfait, se disait-il, elle épuise ses munitions. Quand on sort les grands mots, c'est signe qu'on est aux abois, on ne maîtrise plus le terrain des réalités concrètes.

Tandis qu'elle débitait sa salade, elle ne laissait pas ses dents se rouiller, elle avait même plusieurs escargots d'avance sur lui. Bon, ça voulait dire qu'elle se sentait faiblir, elle cherchait à prendre des forces.

Hominidé femelle ingérant des gastéropodes, pensa-t-il en la détaillant froidement.

Il ne répondit rien à son laïus mais adopta un air tragique, style "aigle foudroyé en plein essor", puis se donna le regard d'un homme que la déception pouvait conduire à la cruauté.

Pressant la pince à escargots sur sa poitrine, Léa reprit avec un visage empreint d'un profond regret :

— En ce moment, je ne suis pas dans mon assiette. En fait, je ne sais pas trop ce que je veux…

— Quand une femme ne sait pas ce qu'elle veut, elle a une chance de ne pas se tromper, hon, hon, hon, hon…

— … mais je sais ce que je ne veux pas. Il s'agirait d'un autre que vous, Victor, ce serait pareil. Je pense même que si je devais absolument céder, dans le cas où l'on me prendrait de force, mettons dans un parking, ou dans un ascenseur (quand on est une femme on est obligée de songer à ce genre d'éventualité), ou je ne sais pas, moi, dans l'arrière-salle d'un bar de banlieue, à trois heures du matin, avec le patron qui regarde – le cauchemar, vous voyez, et sur une table par-dessus le marché –, eh bien, si une chose aussi horrible devait m'arriver, quitte à ne pas pouvoir choisir je préférerais que ce soit vous qui opériez… plutôt que n'importe qui… C'est pour dire qu'il ne faut pas vous sentir indésiré, tout vient de moi, d'une certaine réticence temporaire à me faire… à ce qu'on me…

— Mais l'appétit vient en mangeant ! meugla Victor. Forcez-vous un peu, après c'est vous qui en redemanderez ! Laissez-vous aller, c'est moi qui ferai tout le travail… Vous n'aurez qu'à vous imaginer que vous vous faites violer, sans aucune possibilité de résistance. D'ailleurs, c'pas, si on y réfléchit bien, c'est un peu ce qui se passe, je ne vous laisse guère le choix… Si vous voulez votre contrat…

— S'iiil vouplè…

Et allez, encore lui, comme un chien dans la soupe – pardon, dans un jeu de quilles.

— Juste un doigt, dit Léa.

— S'iiil vouplè…

— Merci, merci, grommela Victor.

Le garçon s'éloigna, auréolé de silence.

— En supposant que je vous laisse faire sans y mettre du mien, dit Léa, pour vous ce serait mortellement ennuyeux…

— Pas du tout, au contraire ! J'aime les femmes qui, tout en ouvrant largement la porte, restent sur leur quant-à-soi, style anglaises, ça dure plus longtemps.

— Si j'avais envie, c'est ainsi que j'aimerais que ça se passe, sans participation active de ma part, ni fioritures d'aucune sorte. Dommage que je ne sois pas bien lunée puisque nous avons réussi à nous mettre d'accord sur les détails de la procédure.

Il but une gorgée de vin et plongea ses deux pattes dans le rince-doigts, éclaboussant la nappe. Puis il s'essuya les mains avec vigueur tandis que la rondelle du citron roulait et tanguait sur les flots déchaînés du rince-doigts comme un radeau dans la tourmente.

— Ma chère Léa, fit-il d'une voix sucrée, si vous souffrez d'une de ces indisponibilités périodiques dont le ciel a affligé la femme et qui font parfois obstacle à la tendre ardeur de leur amant, de leur mari ou de leur père, je suis prêt à chercher une solution avec vous. Il existe toujours une issue de secours à ce genre de situation. Pluie du matin n'arrête pas le pèlerin. Grâce à Dieu, le corps féminin ne manque pas de délicieuses ressources.

— Non, le problème n'est pas là.

— Où est-il alors, le problème ?

— Le problème c'est que ce contrat fait obstacle à une saine relation entre nous. Quand je dis "saine", je ne veux pas dire forcément "pure"…

— 'bsolument.

— Cette paperasse nous sépare, je crois qu'il faudrait que nous nous en débarrassions.

Victor fit une grimace cro-magnonesque et grinça :

— *Débarrassassions.* Je défendrai l'imparfait du subjonctif la tête sur le billot. Poursuivez.

— Une fois ce contrat signé, l'horizon dégagé, je me sentirai libérée d'un grand poids, moins crispée, moins sèche devant les circonstances. Oh, je comprends votre point de vue : pour me donner tout ce que vous avez à me donner, vous estimez qu'il serait juste que je vous... donnasse tout ce que j'ai à vous donner.

— Vous résumez merveilleusement ma pensée.

— Je suggère simplement d'inverser l'ordre de la proposition. Concluons ce contrat, après nous verrons. J'apprendrai à mieux vous connaître, nous dînerons à nouveau ensemble (aux frais de la Maison, pensa-t-il) et... ce qui peut arriver arrivera peut-être...

— En clair, vous voulez payer à crédit, c'pas ? Vous me proposez un échelonnement ?

— Quel vocabulaire de marchand de tapis !

— Vous dites ça pour emporter le tapis sans payer. Payez d'abord le tapis, Léa, payez-le, et vous verrez que c'est un tapis volant sur lequel nous nous envolerons l'un sur l'autre pour mille et une nuits de plaisir furieux ! Léa, quand on se donne ce n'est pas au fur et à mesure et par petits morceaux. Je vous veux toute tout de suite. On peut discuter sur la technique à adopter mais je ne transigerai ni sur le principe ni sur les délais. Avant le chant du coq, je veux vous posséder, de l'ongle de votre petit orteil jusqu'à la pointe de votre plus longue boucle.

— Victor, tout est possible à qui sait attendre. Patience et longueur de temps font plus que force ni que rage. Même sur le plan strictement érotique, notre relation en sera enrichie, comme ces escargots qui, d'avoir un peu jeûné, n'en sont que plus savoureux...

Refus diplomatique, pensa-t-il. La vache. Elles vous font monter le désir sans avoir l'air d'y toucher et quand vous n'en pouvez plus, clac ! le couperet. Elles, elles s'en sortent intactes, ça leur fait même du bien. Le désir d'un homme ça recharge leurs accus. Elles vous sortent des petites mines navrées, style "comme je suis triste de vous décevoir, vous m'êtes si sympathique", mais se refuser est pour elles une formidable jouissance mentale, un orgasme du chapeau plus facile à atteindre que le vrai, parfois problématique.

Victor la trouvait saumâtre, il serrait les mâchoires avec un air de chat arrosé. Il avait des envies de saccage, une fringale de tapisseries déchirées et de rideaux lacérés. Pas question qu'elle s'en tire avec toutes ses plumes. La tête bouillante, il mit la main sur le cœur et dit d'une voix doucereuse :

— Ainsi, ô tourment de mon âme, vous m'accordez la permission d'espérer...

Il avala méchamment un escargot bien gras et aboya :

— Dites, vous vous payez ma bobine ? Vous croyez que moi on me fait avancer en m'agitant une carotte sous le nez ?

Elle se cambra et, les seins pointés vers lui, les narines frémissantes, les yeux divinement glacés, elle lui jeta :

— Si je n'ai pas envie, je n'ai pas envie, fin de paragraphe.

— Et si moi j'ai envie, j'ai envie, point à la ligne.

Jamais une qui s'offrira sans marchandage, pensa-t-il. Ces finassières, elles arrivent toujours à nous faire mettre le maximum sur le tapis : notre temps, notre oseille, nos nerfs, tout, leur idée fixe c'est de se servir de leur corps comme d'un appât pour nous pomper jusqu'au trognon, et quand elles ont enfin eu leur gosse, c'est lui qui prend le relais. Elles veulent le beurre, l'argent du beurre, le beurrier et le sourire du crémier. Elles ont l'âme boutiquière, dès qu'il y a quelque chose à grappiller, elles ouvrent l'échoppe. Cette folie des vêtements et de la camelote de supermarché, c'est leur faute, c'est à cause d'elles que l'humanité court après le confort et le luxe, autrement dit à sa ruine, c'est attisés par elles que les hommes s'entretuent à qui mieux mieux. Quel est l'humain mâle livré à lui-même (c'est-à-dire délivré de la femme) qui perdrait la moindre goutte de sueur, s'userait un seul neurone pour s'offrir une friteuse à affichage digital, un pèse-personne électronique ou un sèche-cheveux à six vitesses ?

Charolais, va ! pensait Léa. On se néglige un tant soit peu, ils nous dédaignent comme de la mauvaise viande ; on se fait belle, nous voilà du gibier. S'il cherche une putain, ce n'est pas ça qui manque, il n'a qu'à aller porte de la Chapelle, elles se disputent le trottoir. Toutes ces tartines pour tremper son croissant ! Ce n'est pas pour m'avoir moi, c'est pour s'offrir un corps propre sans payer. Leur seul but c'est de se farcir des putes gratuites. Une fois qu'ils ont le gîte, le couvert et la voiture, ils ne pensent plus qu'à ça, le diable les prend par la queue.

Elle susurra :

— Vous savez comment ça s'appelle, ce que vous faites ?

— Abus de pouvoir, répondit Victor avec simplicité. Mais le pouvoir c'est comme la crème fouettée, ce n'est bon qu'à condition d'en abuser. Maintenant je vais vous dire comment s'appelle ce que vous faites vous : abus de charme. Vous vous imaginez vraiment que sans votre beau minois vous seriez arrivée à publier vos œuvres ? Combien avez-vous dû en faire mijoter, de pauvres poires ! Un petit sourire par-ci, un petit regard par-là... Le monde s'attendrit tellement devant une coquetterie de femme, les obstacles s'écartent comme la mer Rouge devant Moïse... C'est votre derrière qui vous a servi de locomotive, même si vous avez poussé la virtuosité jusqu'à le garder inaccessible !

Le garçon s'était approché et servait le vin avec une lenteur exaspérante. Victor tendit sa fourchette vers Léa et reprit :

— Mais moi, j'obtiens toujours ce que je veux, vous entendez, toujours ! C'est la seule chose qui m'amuse ici-bas !

Ne pas s'énerver, se disait-il, surtout ne pas s'énerver. La colère – la lionne du logis – c'était à la fois son point fort et son point faible. C'est ça le problème avec l'incontrôlé : il peut vous faire obtenir beaucoup jusqu'au jour où... Comme l'énergie nucléaire. Calme, calme. Imaginer des nuages, de beaux nuages blancs, attendre que le garçon... Voilà, il s'en va. Victor gonfla ses poumons, fracassa une coquille, puis :

— Votre beauté c'est votre fonds de commerce, et elle ne vous a jamais rien coûté, tandis que moi, mon pouvoir, je l'ai payé avec mes larmes, ma sueur et mon sang. Quinze années de manœuvres subtiles, de basses stratégies, de couleuvres avalées, de combats au couteau, d'insomnie, d'humiliation et d'angoisse… Et maintenant vous me faites la leçon pour que je respecte votre vertu, alors que vous ne me jetteriez pas le moindre regard si je cultivais la mienne, de vertu, en vendant du jus de betterave au marché de Saint-Machin-sur-Gadouille. Vous auriez dîné avec moi si j'étais bagagiste ou marchand de pralines ?

— Non. Parce que pour moi ce dîner est strictement professionnel. Nous n'avons pas réussi à nous entendre car vous avez cru bon d'inclure mon corps dans la négociation. Mon corps, ne vous déplaise, je préfère en disposer pour un usage privé. Les éditeurs ne manquent pas, j'aurai simplement perdu mon temps. Je regrette de vous avoir aussi fait perdre le vôtre.

Elle posa sur la table sa serviette fripée, pétrie en boule par ses mains nerveuses, entortillée comme les circonvolutions du cerveau prématurément flétri d'une jeune actrice profitant d'une poussée d'acné pour écrire son premier roman, et elle fit mine de se lever.

— Ma pauvre adorable petite Léa, si vous aviez la moindre chance d'être publiée ailleurs, il y a beau temps que vous m'auriez expédié ces escargots à la figure. Votre manuscrit, ça fait six mois que vous essayez de le fourguer à tous mes confrères, vous croyez que je l'ignore ? Parce que feu les éditions Panthéra ont investi dix briques, votre premier roman a fait cinquante mille exemplaires, alors vous avez cru que la mayonnaise avait pris, vous vous êtes imaginé que vous pourriez vous payer le luxe de jouer les justicières, de dénoncer cette vie à consommer, cette réalité industrielle qui remplace la nature. Vos premiers jappements ont plu aux lecteurs : ça les changeait du ronronnement des minets de lettres aux griffes rognées. Une splendide carrière de romancière s'ouvrait à vous. On vous a offert une niche et qu'avez-vous fait ? Vous avez refusé la muselière ! Non mais, pour qui vous prenez-vous ? Vous pensiez qu'on vous laisserait aboyer dans les salons et vous ébrouer sur les tapis ? Vous vous êtes crue indispensable ? Le complexe littéraro-industriel n'a pas besoin d'une Léa Belmont. Notre Maison publie des livres de cuisine rapide pour célibataires pressés, des contes pour enfants fabriqués à la chaîne par des pédagogues professionnels, des polars flottants pour lire dans la baignoire, des guides de voyage si précis qu'ils donnent envie de rester à la maison, des micro-classiques pour se cultiver pendant les embouteillages, des best-sellers écrits par des ordinateurs, des essais sponsorisés, des encyclopédies de poche, des poèmes d'hominiens politiques, des réflexions philosophiques d'animateurs télé, des confessions d'évêque véreux, des beaux livres sur les perroquets, les dessous coquins, les étiquettes de fromages, les orchidées et les pantoufles... Nous pourrions nous passer de Littérature, ce qui est une option sérieusement envisagée. Le cheval n'a pas besoin de sa queue. D'ailleurs, dans les vestiges de notre département littéraire, nous avons de grands défunts à exploiter, des écrivains délicieusement morts qui ne demandent qu'à bien marcher. Les morts c'est toujours très vendeur, encore plus que les jolies femmes. Si nous gardons quelques vivants c'est pour que notre catalogue ne ressemble pas trop à un ossuaire. (Certains éditeurs, et non des moindres, font de très bons chiffres en se contentant de cultiver des navets dans leur cimetière.) Vous, vous faites partie de la tranche "romancière-jolie-française-vivante", mais dans ce créneau-là on se bouscule au portillon.

Il fit une pause, avala un escargot (sa cravate tressaillit) et continua, tandis qu'un bouton de sa chemise menaçait de sauter :

— Fini le temps où vous aviez mal au poignet à force de dédicacer, fini le miel des compliments, finies les questions qui papillonnent gaiement autour de vous – le soufflé est retombé, tout le monde a oublié votre nom. C'est dur de redescendre, c'pas, quand on a respiré l'air des hauteurs ? L'ivresse de l'altitude ça ne s'oublie jamais : chaque semaine j'ai trois ex-Goncourt qui viennent crier misère sur mon paillasson. La renommée, Léa, c'est une drogue terrible, quand on y a goûté on y est accroché à vie. Malheureux celui qu'a effleuré l'aile de la gloire, pour lui le train-train quotidien devient une torture, la solitude un bouillon fade et l'anonymat un enfer. Il est condamné à l'impatience à perpétuité.

— Vous parlez à la Léa d'il y a dix ans. Les applaudissements, il y a belle lurette que je ne m'en soucie plus. Il faut être bien niais pour tirer plaisir de l'incompréhension émerveillée des lécheurs d'images. Je préfère danser dans l'ombre que de marcher sur une corde raide dans la lumière des projecteurs. Il ne convient pas à un écrivain d'être placé trop haut. Pour bien sentir les hommes, il faut les voir à hauteur de chien. A ce niveau les bons nez sont à la fête, et qu'est-ce qu'un écrivain sinon un bon nez ? Croyez-le si vous voulez, il m'arrive d'aimer l'obscurité, je m'y retrouve mieux ; d'aimer mon angoisse, elle me relie à l'invisible ; d'aimer ne pas avoir ce que je désire, car je partage alors l'humanité des humbles, qui sont le sel de la terre. La vérité ne se dévoile qu'aux yeux anonymes. Même la pauvreté est un trésor pour un artiste, elle le rapproche de la vie réelle, elle lui restitue la vibration du quotidien, la délicieuse amertume du concret, la poignante précarité de tout, elle intensifie l'essentiel, elle éclaire vrai.

En sauçant son assiette avec un morceau de pain, elle poursuivit :

— Vous voyez comme vous vous trompez à mon sujet. Autrefois il me semblait rater quelque chose en restant à la maison, aujourd'hui c'est l'inverse. J'aime être seule avec mon fils et un chat qui dort, des livres qui ont plutôt l'odeur du moisi que de l'encre fraîche, et cette paisible tristesse qui est l'état naturel de l'homme et ressemble à un lac de montagne au crépuscule. Il me semble voir briller encore quelques pépites au fond de mon encrier, aussi je continue à écrire et à m'afficher dans cette ville-vitrine, mais je rêve du jour où je sentirai avoir mérité le droit de lâcher la plume et de quitter la piste, alors, amis du cirque, révérence !

Victor avait écouté la tirade d'un air amusé en faisant un peu de ménage dans son assiette. Il essayait de disposer les coquilles vides en pyramide.

— Personne ne vous regrettera, dit-il. On préfère les animaux savants aux écrivains de talent, c'est plus rigolo. Le public paie pour le cirque, pas pour les lacs de montagne – que voulez-vous, les hommes sont comme ça, Dieu n'avait qu'à réviser sa copie. La foule aime la foule. La sueur, la sciure, le remous des chairs... On ne peut abolir la vieillesse, la maladie et la mort, on ne peut que s'étourdir une heure ou deux.

N'importe quoi qui brille et qui braille ! La puanteur de la ménagerie plutôt que la paix des cimes ! *Ça* a besoin de divertissement, de confettis, de poudre aux yeux, *ça* veut oublier, vous comprenez ? OUBLIER !

Elle tourna la tête vers la fenêtre. Souvent elle avait réfléchi à cela. La vérité est mortifère, l'espèce humaine ne peut endurer son sort qu'en se berçant d'illusions et de beaux semblants... Faux ! Le désabusement est douloureux mais il est vivifiant. Le plus dur à supporter c'est l'isolement qu'implique toute clairvoyance dans une société bigleuse. La lucidité est un château que l'on habite seul.

Victor continuait :

— Du rêve, voilà ce qu'ils veulent. Se payer d'images. Le réel est archaïque parce qu'il est inzappable, la vérité est périmée parce qu'elle est improductive et ne procure aucun plaisir immédiat, quant au discernement et à l'esprit critique, bientôt on ne saura même plus ce que c'est. Ce qui ne rapporte rien, à la trappe ! Celui qui ne se vend pas, au muséum ! La planète est en passe de devenir un *hypermarket* où tout sera si bon marché que chacun s'y ruinera. La vie d'un homme se réduira à l'histoire de ses achats. Et de sa faillite.

La pyramide de coquilles s'écroula dans son assiette. Il n'avait jamais eu de chance avec les pyramides de coquilles.

— Eh bien ouvrez grands vos yeux, dit Léa, vous avez devant vous une pièce rare : quelqu'un qui n'est pas à vendre !

— Pas à vendre, ça veut simplement dire très cher, très chère. S'offrir quelqu'un qui n'a pas de prix, quel luxe divin !

— Dites plutôt diabolique !

Victor la regarda en coin et tendit sa fourchette bidente :

— Zé souis le diable, inestimable Léa, et z'ai l'intention dé nouire gravement à votre salout...

— Je ne vous crains pas. Le feu éprouve l'or, et la tentation la femme juste.

— Ah ! vous avouez être tentée ! C'est bien, ça, vous faites des progrès !

— Toute femme est tentée par le désir d'un homme pourvu que ce ne soit pas un feu de paille.

— Feu de paille, moi ? Je suis un volcan, Léa, un volcan qui ne demande qu'à érupter !

— Si votre désir était si profond, au lieu d'essayer de me forcer la main vous chercheriez à vous faire désirer par un peu de grandeur d'âme.

— En vous signant le contrat, c'est ça ? Non, cette fois vous ne vous en sortirez pas en accordant seulement votre regard mystérieux et votre présence parfumée. Ah, on croit rêver ! Mes commerciaux me tendent des embuscades au coin des couloirs parce qu'ils ne sont pas contents des chiffres et mes auteurs m'accusent de manquer de grandeur d'âme ! Vous, l'élévation d'idées, vous avez pu vous la payer, moi pas. Si je commence à carburer à l'idéal, avant trois mois je suis bon pour vendre du fromage de chèvre dans les Cévennes. La spiritualité c'est comme le cognac, ça aide à digérer mais encore faut-il avoir mangé... Savez-vous quelle est la seule supériorité de l'homme sur la bête ? (Il se colla une coquille d'escargot sur le nez.) C'est le carnaval... Si j'étais une âme pure, un fier berger qui saucissonne en paix auprès de ses moutons, je serais peut-être davantage digne de vous mais je ne pourrais rien faire pour votre roman. J'ai les mains sales mais j'ai des mains. Sans des gens comme moi, il n'y aurait pas de gens comme vous. Si je veux vous acheter, exorbitante Léa, ce n'est aucunement par mépris, c'est que je suis trop pressé pour les salamalecs amoureux. Mon agenda est plein et la vie est courte. Vous non plus, vous n'avez pas le temps de renoncer à ce contrat, c'pas, il vous faut vite de l'argent.

Léa le considéra et répondit lentement, non sans une certaine emphase :

— Un bon livre est un acte de justice et il est indigne de prétendre à une rétribution pour sa justice.

Elle marqua une pause, puis, les mains crispées sur sa serviette, elle reprit :

— Mais il y a mon fils...

— Ne me faites pas venir les larmes, Léa, j'ai le cœur si sensible en mangeant des escargots... Donc il vous faut de l'argent rapidos. Vous voulez me vendre votre roman mais vous avez quelque chose de plus intéressant en rayon. Moi je prends le lot : vous et votre roman. Sincèrement, vous faites une affaire...

Il avait l'air sûr de son coup. Les escargots lui réussissaient. Il dominait le superbe chaos qui régnait sur la nappe. Ses mains brutes et repues se promenaient comme chez elles dans ce paysage saccagé.

— Vous jugez trop les autres à votre aune, dit Léa. Avoir besoin d'argent ne signifie pas être prêt à tout.

— 'bsolument, mais dès qu'on pense argent, le ver est dans le fruit. Votre simple présence ici, dans ce restaurant embaumant l'autosatisfaction parisienne, le scepticisme de bon ton et la cervelle renfermée, le fait que vous soyez en train de négocier avec un rat de cuisine comme moi, cela veut dire que vous êtes déjà soumise au démon de la matière, au serpent du calcul, à la loi de fer de la logique…

— Si j'étais absolument logique, je serais déjà devenue comme vous, un p'tit zéro qui roule et roule en rêvant de devenir un gros-gros chiffre. Vous êtes un pur produit de la rationalité économique, un de ces bipèdes fabriqués à des millions d'exemplaires et réglés pour monter en grade à tout prix, un de ces jouisseurs de pacotille dressés à ne croire en rien. Un loin-du-ciel, un rouage doré, un sinistré de l'âme. A chacun de vos pas, vous piétinez votre cœur, vous pavez votre chemin des débris de votre conscience, vous passez votre vie à trahir vos rêves de jeunesse. Coincé à la surface de vous-même, vous ruminez une hargne permanente envers ce qui est noble, vous macérez dans une marinade de petites peurs au vinaigre, vous mijotez dans le ragoût de l'égoïsme, embroché à vos propres calculs, obsédé par ce qui peut vous profiter et ce qui risque de vous nuire… Vous ne vivez même pas et vous voudriez séduire ! Des gens de votre acabit, il faudrait les remettre à la maternelle. *Bien mal acquis ne profite jamais*, à savoir par cœur sinon la fessée. Vous n'avez donc pas compris que l'esprit de calcul défigure le réel, qu'il le durcit et nous le rend opaque ? Le fait de ne songer qu'à notre intérêt nuit à notre véritable intérêt, qui lui *n'est pas pensable.* C'est en se donnant qu'on se trouve. Le calcul est une erreur. Une impasse. Il tarit notre inspiration, il verrouille l'essentiel, il cadenasse l'âme. Ce n'est pas à la raison de fonder la morale, c'est à la morale de poser les limites de la raison. Le Bien est inexplicable, tout expliquer conduit à le rétrécir petit à petit comme la peau de chagrin… Quel sépulcre que votre crâne ! Vous jouez les petits démons et les gros cyniques parce que vous êtes incapable d'être un homme !

— Encore, encore, s'écria-t-il, je vais jouir, je vais jouir…

— Vous avez vu vos yeux ? Ils ont le même éclat que ceux d'un hibou empaillé ! Vous avez besoin d'une aide humanitaire d'urgence, d'un masque à oxygène, vous ne voyez pas que vous êtes mort ?

— Ah, que j'aime ça ! fit-il. Le dernier sursaut de résistance ! La panthère blessée qui se déchaîne avant de succomber ! Quel plaisir accompagnera mon triomphe ! Comme vous savez bien faire monter mon désir ! Vous prendrez une pâtisserie ?

Il venait d'avaler sa dernière bête, la table n'était plus qu'un cimetière d'escargots. Si la peinture avait encore existé, avec la divine mission de témoigner de la beauté de la Création et non l'objectif de décliner la laideur, de décorer le chaos, de surenchérir dans le néant et de progresser dans la toundra de l'insignifiance, un peintre de talent aurait pu en faire une splendide nature morte : *Reflets de sauce verte sur coquilles vides*. De même, si la musique était encore de ce monde, avec l'idéal de célébrer la vie de l'âme et non le dessein de faire digérer la hideur citadine, de masquer la misère spirituelle, de stimuler la superficialité des humanoïdes urbains et d'enrober la pilule de la bêtise marchande, un musicien doué aurait pu composer un concerto pour fourchette et orchestre intitulé *Escargots défunts en fenouillade*, ou encore une messe de requiem pour gastéropodes bourguignons qui eût pu faire verser quelques pleurs salutaires aux bonnes gens de Charolles.

Léa choisit le Mystère à la vanille et Victor une spécialité maison : l'Apocalypse chantilly sur tapis de crème chocolat aux fruits exotiques. Le fromage constituait au dire de Victor une grossière faute de goût après les escargots. Il fallait être un gastronome de la onzième heure ou un touriste moldave pour ignorer le manque d'affinités immémorial des ruminants et des invertébrés.

Victor attendit que le garçon de restaurant, torturé par la tragédie qu'il devinait, l'air d'un mystique espagnol tourmenté par une crise de foie, eût servi les pâtisseries finales et l'incontournable champagne, pour donner l'estocade.

— Je suis ravi, dit-il, que vous en fassiez une affaire de principes. La démolition des principes c'est ma spécialité. Je craignais que vous manifestassiez cette frivolité émotionnelle de beaucoup de femmes, qui préféreraient être hachées menu plutôt que d'aller aux fraises avec un homme ayant une bouche trop comme ci ou un nez pas assez comme ça. A la bonne heure ! J'aime les femmes qu'on peut gagner à la force des méninges et chez lesquelles de futiles *a priori* esthético-sexuels ne contrarient pas l'entreprise hautement intellectuelle de la séduction.

Il marqua une pause, savoura ostensiblement une bouchée de son Apocalypse chantilly pour bien montrer qu'il était maître du jeu et maître du temps, puis il reprit :

— Connaissez-vous Turnus ? Un des plus grands, sinon le plus grand écrivain latin. Considéré dans l'Antiquité comme un poète satirique de génie, supérieur à Martial ou à Juvénal. On l'apprenait par cœur, ses textes étaient recopiés dévotement avec de l'encre d'or fin sur des parchemins de Cappadoce. Les bibliothèques se disputaient ses ouvrages, il fut divinisé de son vivant. Il a écrit des dizaines d'œuvres magnifiques, plusieurs milliers de pages. De lui, il ne nous reste que deux vers. Deux vers tronqués, inintelligibles. La postérité est un mirage. La Terre est une poussière de poussière, l'univers une parenthèse dans le vide. Tout va disparaître, les étoiles seront balayées, avalées par la gueule béante du zéro. Le chiffre gagnant. Tout finira, même le passé n'existera plus. Le néant mangera tout, puis se mangera lui-même. Imaginez l'archinuit, l'infiniment rien à jamais… Léa, nous n'avons que notre vie, notre toute petite vie, et le temps de le comprendre voilà déjà qu'arrive la fin. Nous venons de rien, nous ne sommes pas grand-chose et nous n'allons nulle part. Notre existence n'est qu'une virgule dans la bibliothèque de Babel, un saut de puce dans la nuit – accrochons-nous à ce peu que nous avons ! Cet instant, cette pâtisserie dérisoire dans notre assiette, voilà tout notre bien ! La mémoire est un cimetière, l'avenir une chimère, mangeons, mangeons, savourons chaque cuillerée de vie ! Idées, projets, rêves, souvenirs ne sont que des délégués du néant. Le présent, c'est notre petit trou, notre petit nid au milieu du chaos cosmique… A quoi bon se sacrifier pour une espèce vouée à la dévoration par le Grand Méchant Tout ?

Il essuya sans se presser la chantilly qui s'était déposée au coin de ses lèvres, but une gorgée de champagne, tourna son assiette avec délicatesse pour attaquer un coin encore vierge et innocent de la pâtisserie, prit une cuillerée en épargnant le marron glacé (Victor faisait partie de ceux qui ont l'intelligence du plaisir et laissent le meilleur pour la fin), la porta à sa bouche, la mastiqua et se la fourra sous la cravate. Après quoi, avec la quiétude d'un chat de bonne famille ayant accompli son devoir au détriment d'une souris, il poursuivit :

— Certes, l'égoïste subit l'obsession de son propre intérêt, il peut être victime d'un autoesclavage, mais l'altruiste n'oublie-t-il pas de vivre ? Se mettre en croix pour eux (il désigna la fenêtre d'un coup de menton dédaigneux), ça ne vaut pas la peine. Vous vous dévouez pour des prunes, ils ne changeront pas. Du gibier de médias, des éponges à sottises, de la chair à bagnole. Ils préfèrent leur voiture à leurs poumons et leur télé à leur âme. Un sur mille mérite le nom d'homme, la Bible le dit, et celui-là a intérêt à mettre quelques déserts autour de ses pieds pour n'être pas immolé. Ils ne s'appartiennent même plus, ils appartiennent à leur banque. Laissez-les tomber. Ceux qui se font manger sans réagir sont aussi coupables que ceux qui les mangent sans scrupules. La voracité de ceux-ci vaut la lâcheté de ceux-là. L'homme est le fléau de l'homme. Une maladie de la nature. Un tueur. Nous avons le crime dans le sang depuis le massacre de l'homme de Neandertal... Exterminés jusqu'au dernier... Eux si sensibles, si doux, si courtois... Toujours de bon poil, incapables de penser à mal ou de manger leur frère, au contraire de cette brute d'*Homo sapiens* avec sa raison machineuse... Oui... jusqu'au dernier. C'est ça, l'assassinat d'Abel... Cessez donc de croire au barbu et de vous faire des idées sur l'homme, nous descendons de Caïn. Jésus, paraît-il, a voulu nous racheter, il s'est fait crucifier pour nous. Le résultat est là : crimes, attentats, guerres, famines... Et non seulement ça ne nous empêche pas de nous enfiler des escargots en fenouillade, mais les escargots, grâce à tout ça, nous les trouvons encore meilleurs !

— Vous blasphémez !

— Et vous, vous faiblissez. Vous savez que j'ai raison.

— Peut-être, mais la raison est myope. Elle déforme ce qu'elle éclaire. Dès qu'elle s'approche de l'essentiel, elle déconne. Il faut s'en servir, bien sûr, mais non s'y asservir. Ni lui confier sa destinée : elle transformerait notre cœur en disquette et notre cerveau en disque dur. La raison, regardez-la se prostituer partout au mercantilisme ! Elle nous fut donnée pour survivre, non pour comprendre la vie, c'est un outil trop rudimentaire pour livrer les secrets de l'âme.

— Une fois votre joli ventre rempli, vous parlez des secrets de l'âme ! Il y a vingt-cinq siècles, dans une colonie grecque d'Asie Mineure, quelques fils de famille grassouillets s'enquiquinaient à mort à force de bâfrer comme des porcs et de péter dans la soie ; ils avaient tout, leur cervelle tournait désespérément à vide, alors, angoissés par la mollesse de leurs coussins, ils ont inventé la philosophie. Secrets de l'âme, mes fesses ! Allons, arrêtez de jouer les vertus incorruptibles. Prenez votre part sans faire d'histoires. Les poulaillers ne sont plus gardés, les chiens regardent la télé, on peut tout se permettre avec un bon conseiller juridique, alors offrez-vous quelques volailles au lieu de prêcher la morale aux renards. Mettez un masque et soyez de la fête ! La course au plaisir est une servitude ? Mais le désir inassouvi n'en est-il pas une aussi ? N'est-il pas plus humain d'être le jouet de ses sens que d'en être le bourreau ?

Son Apocalypse chantilly était si bonne qu'il la faisait durer, ne prenant que des demi-cuillerées à la fois. Léa se taisait, les yeux baissés, hachant nerveusement son Mystère.

Il reprit :

— Et voyez comme le monde est mal fait, voyez à quel point ce pauvre Dieu est bête : moi, le plus cynique d'entre tous, je suis le seul à reconnaître votre talent. Moi, le méchant, je suis le plus lucide !

— Franchement, ça ne vous réussit guère, vous avez l'air d'un boudin blanc impropre à la consommation.

— Et vous, vous croyez que vous allez mieux ? Vous êtes à plat, en bout de course, triste jusqu'aux os... La création, cette guerre de la tête, vous a grignoté les nerfs sans rien vous apporter d'autre que la solitude et l'insécurité. Je suis sûr que vous vous levez chaque matin en vous demandant si vous finirez la journée... Ah, ces malades qui veulent guérir les autres !... Vous ne changerez pas le monde, votre œuvre ne servira qu'à permettre à vos ayants droit d'aller se faire bronzer les fesses aux Bahamas quand vous aurez depuis longtemps dévissé votre stylo. Les artistes sont les cocus de la vie, les sacrifiés de l'espèce, ne vous laissez pas piéger par l'idéal, c'est un salaud qui vous prend tout et vous rembourse en racines de pissenlit... Léa, je ne vous demande pas de vous vendre mais seulement de vous prêter...

Il lui prit la main (il avait terminé sa pâtisserie) et ajouta :

— Nous ferons un coup fumant pour lancer votre roman, vous verrez... Mmh ? C'est d'accord ?

Vous n'avez pas à dire oui, il vous suffit de ne pas dire non…

— Après, fit-elle, vous allez penser que je suis une je ne sais quoi…

— 'bsolument pas ! Le temps est révolu où la réprobation s'abattait sur la femme qui accordait ses dernières faveurs en échange de quelque chose. Aujourd'hui, c'pas, les femmes sont libres.

Il but une lampée de champagne et ajouta, le doigt levé :

— A celles qui se sont beaucoup offertes, il sera beaucoup donné.

Il y eut un bref silence. Puis Léa dit :

— Vous ne me ferez pas mal alors ?

— Léa… J'ai vingt costumes et une voiture anglaise, je ne suis pas un Serbo-Bosniaque.

Transaction conclue, plus de temps à perdre. Victor laissa toutefois passer quelques minutes pour ne pas avoir l'air impatient d'aller biscotter (il préférait ce vocable un rien désuet mais qui fleurait bon le terroir à l'expression en vogue "faire crac-crac" qu'il trouvait faussement canaille), puis il demanda en même temps les cafés, les digestifs et l'addition.

Bien entendu, elle lui sortit le numéro de la jeune fille éméchée, style "je ne sais pas trop ce que je fais". Ce privilège qu'ont les femmes de se déresponsabiliser instantanément en papillotant des cils, quels dégâts cela avait dû causer tout au long de l'Histoire !

En regardant les boucles sombres qui folâtraient sur le cou blanc et luisant de Léa, Victor faillit éprouver à son égard quelque chose qui n'était pas seulement du désir. Si cette belle rongeuse avait résisté encore un tantinet… Mais déjà le voyant "attention danger" clignotait dans sa tête. Sortir du champ strictement érotique, c'était entrer dans l'incontrôlable, cela risquait de perturber la suite des opérations. A coup sûr elle essaierait d'en profiter. Il ferma prudemment son visage et but son café à petites gorgées rapides, puis il versa son armagnac dans la tasse chaude, à la gasconne, et l'avala d'un trait.

C'est beau une femme qui a jeté l'éponge, se dit-il en observant sa victime à la dérobée. Elle buvait sa chartreuse la tête baissée, soumise. Le match n'avait pas été facile, et malgré le plaisir gustatif quelque peu volontariste qu'il avait manifesté, elle avait parfaitement réussi à lui gâcher le dîner. Il se promit de se venger au lit.

Dehors il se fumerait un petit cigare, tiens, au diable l'avarice !

Après avoir rempli le chèque, il s'aperçut qu'il avait encore oublié de prendre du liquide. Il demanda à Léa :

— Auriez-vous quelque chose pour le pourboire ?

Elle fouilla dans son sac d'une main maladroite, ouvrit son porte-monnaie mais n'y trouva que de la ferraille. Victor était déjà debout.

— J'ai une idée, fit-elle en se levant à son tour.

En titubant un peu, elle ôta son slip et le déposa sur le chèque.

Tandis que le garçon restait figé, pétrifié devant le slip comme s'il s'agissait d'une relique capable d'opérer des miracles, ils se dirigèrent vers le portemanteau.

Que pouvait-elle penser ? se demandait Victor.

Elle pensait : Tous ces discours et pas un mot d'amour…

En partant il faillit lancer un clin d'œil triomphant au garçon mais il préféra jouer le chasseur blasé qui ne fait qu'ajouter une caille de plus à son tableau.

Il sortit derrière elle. Elles aiment mettre des talons hauts, se dit-il, parce que ça surélève le pont arrière. La marchandise présente mieux. Il devinait ses fesses rondes qui se balançaient bienheureusement sous sa jupe, des fesses encore loin d'être menacées d'avachissement mais qui n'avaient plus cette fermeté rétive, presque renfrognée, de celles des jeunes filles. C'étaient des fesses de bonne mine, mûres et sûres d'elles, ni molles ni dures, ayant la consistance à la fois ferme et vibrante d'un œuf en gelée, des fesses raisonnablement copieuses, accueillantes et souriantes, paisibles et confortables, réservées mais prêtes à la générosité. Un beau derrière à point.

Maintenant, au boulot, pensa Victor.

*

Deux heures plus tard, le garçon de restaurant pestait à part soi contre ces patates des cuisines qui avaient encore mis la radio à fond et l'empêchaient de faire le bilan spirituel de sa journée, comme il en avait l'habitude en passant le balai.

Dans sa démonologie personnelle, la radio représentait le porte-voix de Belzébuth. Sans elle, les vociférations du *Führer* ne seraient jamais sorties des brasseries et des gymnases. Sans ce robinet de bêtise… Et elle n'arrête pas, elle crie, craque, ronfle, pète, siffle, empêchant elle-même qu'on pense quelque chose d'elle !…

Musique immonde entrelardée d'informations stérilisées, aussi confusionnistes qu'infantilisantes, de déclarations de politocrates disant avec véhémence les choses les plus insignifiantes et de publicités dont la qualification décourage les plus plantureux dictionnaires : quand l'abjection dépasse un certain seuil, les mots ne peuvent plus suivre.

Chaque soir, les derniers mangeurs partis, il se demandait combien de temps il allait encore supporter son collier de misère. Il se sentait partir en brioche, le cœur en compote, la tête pressée comme un citron. Dieu n'avait pu le créer pour servir des escargots. La réalité était un piège qui se resserrait peu à peu, avec ses portes avaleuses, ses murs-mâchoires, ses nappes étouffantes, ses tables carnassières, ses couverts toujours recommencés sous la menace permanente d'être précipité à jamais dans l'enfer dévorant des cuisines.

Bon, d'accord, l'établissement avait ses avantages, par exemple le long couloir menant à l'office : quelques mètres de solitude où il pouvait finir les fonds de bouteilles. Mais ici comme ailleurs le service était effréné et la direction impitoyable, traquant sans répit les attitudes parasites, les conversations oiseuses et les méditations improductives du personnel, exigeant de la part de ce dernier honnêteté, énergie et rigueur, mais se comportant envers lui avec la pire goujaterie. Il se disait souvent que le monde appartient à ceux qui n'ont aucun savoir-vivre, ceux qui galvaudent leur existence, ceux qui se poussent, qui se hissent, qui *n'arrêtent pas* et sont prêts à vivre comme des cochons pour régner sur une porcherie.

Bien qu'il se forçât à considérer que notre passage sur terre était trop bref pour perdre du temps avec le sexe et qu'il affectât de savoir à quoi s'en tenir au sujet de l'engeance féminine (complotant la perpétuation de l'espèce, souffrant d'indigence mystique et se méfiant de la vérité comme d'une dangereuse rivale), son plus douloureux et plus persévérant tourment était de constater que les femmes préféraient se trouver du côté du manche et prenaient toujours bren pour farine. Presque toujours. Enfin, très souvent. Même si je suis mal payé, se disait-il, elles voient bien que je vaux mieux que les autres, ça crève les yeux, même les animaux s'en rendent compte. D'accord, il ne fallait pas leur jeter la pierre à toutes. Trop facile. Ne jamais juger en bloc, c'est la porte ouverte au pire. L'enfer est éclairé par des idées générales. N'empêche... Se donner sans amour c'est désespérer le juste. Considérer son corps comme une monnaie d'échange revient à vendre son âme, c'est souiller l'univers, cracher sur les constellations, vomir sa propre nature...

Il était farci d'amertume. Seul, il se trouvait toujours très brillant mais les regards des autres l'éteignaient. Ils l'éteignaient parce que leurs yeux étaient éteints. Comment les éclairer et se mettre ainsi à resplendir pour eux, à rayonner enfin sur l'humanité ?... Comment sortir sa lumière de dessous le boisseau ? Si parfois la haine lui venait contre ceux qui tenaient la queue de la poêle, les pense-petit décisionnaires, ce n'était jamais parce qu'on lui donnait des nèfles, c'était parce qu'on l'empêchait de donner son miel. Rongez vos os tant que vous voulez, ô chiennaille, mais laissez-moi déployer mes ailes !

Que faire ? Deux écoles de pensée s'affrontent, pensa-t-il aigrement. Quand on s'enfonce dans les sables mouvants, vaut-il mieux bouger ou ne pas bouger ?… Stop ! Pas de fatalisme au bataillon ! Haut les cœurs ! L'impuissance est une illusion diabolique ! Chacun peut mille fois plus qu'il ne pense ! En théorie il pouvait même séduire cette belle femme accompagnant Victor Pontier, il n'avait qu'à le vouloir avec acharnement, être le plus intelligent, le plus vrai, le plus toqué, le plus férocement amoureux. C'était comme devenir pape (un rêve d'enfant). Devenir pape, c'est très facile, dit un proverbe polonais, il suffit de ne penser qu'à ça toute sa vie. – Mais cela vaut-il le coup ?

Celui qui décroche le pontificat passe évidemment pour le plus malin ; en son for intérieur, cependant, il sait qu'il a échoué. Sa réussite apparente n'est que le résultat d'une mobilisation incessante et tyrannique de toutes ses facultés, de sorte que c'est à l'état de figue sèche qu'il est intronisé.

Et si… Et si l'on pouvait se faire bombarder pape à force de ne plus chercher le moins du monde à le devenir, à force de s'en tamponner divinement ? Il va de soi que le non-désir d'accéder au Saint-Siège doit être d'une absolue sincérité, sous peine d'aboutir à un désastre spirituel ; d'autre part, il ne faut en rien négliger les formalités, les cérémonies et les obligations jalonnant le chemin qui mène à Rome.

Le médiocre tireur ne pense qu'à gagner le concours. Le bon tireur ne pense qu'à toucher la cible. Le tireur parfait ne pense qu'à bien tirer. C'est ce dernier qui gagnera le concours – à condition qu'il n'oublie pas de s'inscrire. Car être le meilleur ne sert à rien si l'on n'est pas au bon endroit au bon moment.

Accroché à son balai, il haletait sous une tempête de pensées. Ainsi existait-il peut-être vers la réussite un raccourci qui passait par l'indifférence totale à la réussite... Il frissonna à l'idée qu'il pouvait pour de bon conquérir la papauté. Dès demain, il irait à l'agence pour l'emploi, il demanderait où il faut s'inscrire, quelles sont les démarches à effectuer.

Pape !

Mais une évidence le foudroya tandis qu'il maniait avec fièvre la pelle à poussière et la balayette : celui qui se déprendrait si opiniâtrement de tout se comporterait non comme un futur pape mais bel et bien comme un saint. Un saint, c'est-à-dire un homme absolu, pénétrant tout parce qu'il ne veut rien, accédant au divin à force d'humanité. Pour cela, nul besoin de s'inscrire.

Saint !

Non, mis à part que c'était une activité non rémunérée et probablement pas encore subventionnée, ça ne lui semblait pas à sa portée. Et pourtant... La sainteté, n'était-ce pas justement le seul débouché offert à tous ?

Le slip de Léa gonflait sa poche. Une fois dans le réduit mansardé qu'on lui louait sous le nom de "studio", il y enfouirait son visage.

Aïe, aïe, aïe ! Etait-ce compatible avec une postulation à la sainteté ?

Pourquoi pas ? Ça ne causerait de mal à personne, Dieu n'en ferait pas un plat. D'ailleurs, à en croire les statistiques, il y avait plus d'une chance sur deux pour que Dieu fût une femme. Esprit, en hébreu, n'est-il pas un mot féminin ? Sans doute verrait-Elle dans son geste un acte d'amour (ce serait un acte d'amour) ou une prière (ce serait aussi une prière). Peut-être le cœur de l'espace-temps, le nombril de l'univers, le trou noir originel et ultime, le Saint des Saints cosmique, le siège de l'éternité vers lequel se dirigeaient mille milliards de galaxies était-il un sexe de femme, sans bord et sans fond…

Ses réflexions furent interrompues par ce qu'il entendit à la radio :

— … *Victor Pontier, qui tentait d'abuser d'elle. Léa Belmont, profondément affectée par ce qu'elle a appelé une agression incompréhensible, a déclaré qu'elle accorderait une conférence de presse dans la matinée. Victor Pontier est dans un état critique mais il subsiste un faible espoir de le sauver. Léa Belmont fut, on s'en souvient…*

Léa Belmont. Ça y est, il était amoureux. Il avait fini de balayer. Il achèterait ses prochains livres. Peut-être écrirait-elle quelque chose sur les escargots ? Ou même sur lui, qui sait ?

OUVRAGE RÉALISÉ
PAR LES ATELIERS GRAPHIQUES ACTES SUD
REPRODUIT ET ACHEVÉ D'IMPRIMER
EN AVRIL 1995
PAR L'IMPRIMERIE FLOCH
A MAYENNE,
SUR PAPIER DES
PAPETERIES DE JEAND'HEURS
POUR LE COMPTE DES ÉDITIONS
ACTES SUD
LE MÉJAN
PLACE NINA-BERBEROVA
13200 ARLES

DÉPÔT LÉGAL
1re ÉDITION : MAI 1995
N° impr. : 37561.
(Imprimé en France)